La boîte à livres

Émilie Candelier

La boîte à livres

NomBre7
éditions

Alice

Pour la énième fois, Alice vit son rêve s'envoler. La réponse négative à la publication de son roman représentait un véritable échec, presque une non-reconnaissance face à un travail durement fourni.

Elle travailla presque toute une année, y passa ses jours, ses nuits, ses week-ends.

Alice avait mis un terme à sa vie sociale, rompant ainsi le lien avec ses parents, sa petite sœur Camille ainsi que ses amis Nola, Suzie et Soan. Seule sa grand-mère, Rosa, était chanceuse de la côtoyer puisqu'elle vivait avec elle.

Elle avait eu l'audace de mettre en suspens son contrat de travail pour prendre une année sabbatique. Lorsqu'elle l'eut décidé, elle fut certaine de faire le bon choix. Elle mit assez d'argent de côté pour subvenir à ses besoins durant toute une année. La colocation avec sa grand-mère était la meilleure solution, elle se retrouva ainsi dans une grande maison à Aix-en-Provence.

Elle quitta Paris et son job de conseillère de vente dans une boutique de luxe pour respirer un air plus pur, plus inspirant, plus calme où elle pourrait passer ses journées à écrire. Le rêve selon elle.

Alice avait toujours été rêveuse, légère, l'école l'avait peu intéressée. Son père kinésithérapeute et sa mère podologue en étaient désespérés. Ils avaient tout essayé : école publique, privée, cours particuliers, une année à l'étranger…

Ils en voulaient presque à leur fille de ne pas y mettre du sien. Camille, sa sœur cadette excellait, brillait par tout ce qu'elle entreprenait. Intellectuelle, sportive, elle cultivait un mode de vie sain. Elle appliquait à la lettre tous les codes qu'elle avait reçus.

Alice, étant le contraire extrême, fut sans cesse comparée à elle. Malheureusement, c'est sa petite sœur qui faisait la fierté de ses parents. Elle se disait que si elle était tombée dans une autre famille, elle aurait peut-être été la fille parfaite.

Heureusement, Rosa sa grand-mère la chérissait, elle représentait tout l'or du monde à son égard. Alice se sentait précieuse aux yeux de sa Mima, comme elle l'appelait. Elle était sa complice depuis toujours.

Lorsque Mima proposa à Alice de vivre sous son toit pour écrire son roman, elle n'avait pas hésité. Elle croyait en sa petite fille et la poussait à exaucer son rêve.

***

Ce message reçu sur sa boîte mail annonçant que son livre était rejeté pour une publication lui apportait tout désespoir.

Elle l'avait lu, relu, son livre était bon. Elle en était convaincue.

Alice avait envoyé son manuscrit auprès de quinze maisons d'édition. Elle savait que peu avaient leur chance, environ un manuscrit sur dix était lu.

Elle pensa néanmoins que la roue tournerait en sa faveur. On lui conseilla l'autopublication, une démarche de longue haleine. Elle lut sur internet que ce projet était éprouvant car il impliquait de tout entreprendre soi-même.

Elle entendait déjà ses parents lui dire que cette année sabbatique était une décision immature, un échec de plus. Ses amis qu'elle avait dû mettre de côté à leur grand désespoir ne lui manqueraient pas de lui rappeler.

Alice n'aurait aucun argument pour leur prouver que c'est elle qui avait raison, que le résultat de son écrit serait le prix gagnant du sacrifice qu'elle avait fait. Elle ne pouvait croire que son rêve était fini. C'était injuste pour son roman de le laisser tomber, elle croyait en lui et allait coûte que coûte chercher tous les moyens pour le vendre.

Alice était décidée, elle allait s'autopublier. Un nouvel élan, de nouveaux espoirs. Il lui restait peu de temps, sa reprise de poste était prévue pour dans six semaines. Ce n'était pas le plan qu'elle avait imaginé mais elle allait y mettre le reste de son énergie pour réaliser son rêve.

Elle avait en amont mis en forme son manuscrit en l'ayant développé sur un site en ligne. Elle avait pris le temps de créer elle-même l'image de couverture.

Lorsqu'elle reçut son roman, elle montra une vraie fierté en prenant sa grand-mère dans les bras, qui avait les larmes aux yeux. Euphorique, elle serrait son livre, réalisant que des centaines d'heures de travail y étaient contenues.

Elle l'avait édité en vingt exemplaires : un pour elle, un pour sa grand-mère et le reste pour ses démarches auprès des libraires.

Elle avait sélectionné toutes les librairies d'Aix-en-Provence jusqu'à un rayon de dix kilomètres. Elle utilisa les transports en commun, n'ayant pas son permis de conduire. Elle n'en avait jamais eu l'utilité à Paris et ne s'était donc jamais décidée à le passer.

Alice savait se faire séduisante auprès des gens, elle le

faisait dans son métier auprès de sa clientèle de luxe. Cependant, lorsqu'elle essaya de convaincre les libraires pour accepter de lire son livre, toute sa confiance s'envolait.

La déception se lisait alors sur son visage, lorsqu'elle fit le calcul rapidement. Une démarche, un refus ; deux démarches, deux refus ; dix démarches, dix refus…

Elle eut un léger soupçon d'espoir lorsqu'enfin une libraire prit son livre par politesse. Heureusement, Alice ne vit pas que la commerçante jeta l'exemplaire dans un bac où se trouvait déjà le même rêve d'auteurs inconnus.

Elle décida de rentrer chez Mima à pied, ce qui représentaient cinq bons kilomètres pour atteindre la maison. Cette marche lui permettait ainsi de faire le bilan de sa journée, qui ne s'avérait pas glorieux. Seulement une personne avait accepté de lire son livre, et encore, elle n'en était pas sûre.

Cette journée confirmait-elle que ce choix était de la folie ?

Elle se répétait en boucle les reproches des siens avec leur ton qu'elle détestait « encore une lubie », « quand est-ce que tu vas enfin te responsabiliser », « pense à construire un futur au lieu d'idéaliser une vie qui ne t'appartient pas ».

Soudain, un bruit interrompit ses pensées. Elle tourna la tête et vit un chien qui aboyait. Il jouait avec son maître dans un grand parc qu'elle n'avait jamais vu. Lorsqu'elle prenait le bus, le trajet était toujours contourné pour prendre un itinéraire plus court.

Alice entra dans ce grand espace rempli d'arbres et de buissons bien taillés, la pelouse tondue à ras, des fleurs aux multiples variétés. Elle s'y sentit bien. Le soleil brillait, ce qui rehaussait toutes les belles couleurs de début d'été. Elle entendit les oiseaux chanter, les feuilles se caresser, les cris de joie des enfants…

Elle réalisa tout à coup que cette journée était belle. Elle n'avait pas ressenti un tel bien-être depuis de nombreux mois. Elle se laissa guider vers un banc vide, où elle avait envie de se reposer pour prendre le temps de poursuivre ce moment de bonheur.

Voir les gens heureux lui rappelait que ça faisait bien longtemps qu'elle ne l'avait pas été vraiment. Ses amis lui manquaient.

Le coût de son livre représentait l'équivalent de douze mois de salaire mais aussi la mise à l'écart de ses amis. Elle se répéta « ai-je fait tout ça pour rien ? ».

Elle tarda dans ce parc pour profiter de ce moment avant de se rendre compte qu'il fallait rentrer pour aider sa grand-mère pour le dîner.

Elle se dépêcha de prendre son sac à main ainsi que son cabas contenant ses exemplaires.

Soudain, avant de se diriger vers la sortie, elle fut interpellée par une boîte carrée portée par un poteau de bois.

Intriguée, elle se rapprocha pour l'atteindre. Postée devant elle, Alice ressentit de nouveau l'espoir. Ça ne pouvait être autre qu'un signe.

Elle ouvrit son cabas, prit un de ses exemplaires pour le déposer dans cette boîte à livres.

Emma

Emma séjournait chez ses parents avant de prendre la route.

Elle venait de finir ses études et détenait un master en communication. Soulagée de sortir du chemin de l'école, elle s'était organisée en solo la traversée de l'Europe en vélo « l'Eurovélo 6 » une des plus longues pistes cyclables au monde. Emma allait ainsi parcourir près de cinq mille kilomètres. Elle emprunterait la route des fleuves en prenant le départ de la France pour rejoindre la Suisse, l'Allemagne, l'Autriche, la Slovaquie, la Hongrie, la Croatie, la Serbie, la Roumanie et enfin la Bulgarie.

Elle n'avait aucune pression pour trouver un emploi après son voyage puisqu'elle allait intégrer l'entreprise familiale ayant un impact fort sur le développement durable, tenue par son père.

Sensible à l'écologie depuis toute petite, passionnée par la nature, elle visualisait son voyage comme une véritable délivrance, des retrouvailles avec elle-même. Elle rêvait de liberté.

Pour préparer son parcours, elle avait passé des heures à la bibliothèque, à la Fnac, sur internet pour recueillir des témoignages. Elle feuilleta de nombreux bouquins pour obtenir toutes les clés afin de réussir son périple…

L'achat de son vélo lui avait valu toutes ses économies,

quatre mille euros. Habituellement, elle n'achetait que d'occasion. Ses vêtements, ses chaussures, ses meubles venaient directement de friperies, de brocante, Emmaüs… Ses parents avaient toujours eu ce mode de vie, ayant pour but de réduire au maximum les dépenses et de consommer le moins possible.

Ce vélo représentait le plus beau cadeau qu'elle s'était offert de toute sa vie. Emma en était très fière, il serait son compagnon de route durant plusieurs mois.

Quelques jours avant son départ, Emma s'était rendue dans les deux associations dans lesquelles elle était engagée, « les restos du cœur » et « Libres terres des femmes ». Ses convictions se retrouvaient dans ces deux causes qu'elle menait. Elle passait ses week-ends à accueillir des personnes défavorisées, dans le besoin afin de leur distribuer de la nourriture mais aussi des sourires et de la chaleur humaine. La semaine, elle se rendait dans un centre pour aider les femmes victimes de violence où elle apportait son soutien et donnait des pistes pour sortir de cet enfer. Il lui arrivait d'accompagner des dames à la gendarmerie afin de déposer plainte.

Si elle en avait eu le temps, elle se serait aussi engagée auprès d'un organisme pour la cause animale.

Lorsqu'elle avait prévenu ses collègues des deux associations qu'elle allait partir six mois, tous avaient ressenti une joie extrême pour elle. La plupart des bénévoles avaient entre quarante et soixante ans. Ils étaient contents qu'Emma fasse enfin quelque chose pour elle, qu'elle prenne du temps pour son bien-être. Ils lui avaient souvent dit « Tu sais Emma, la vie passe vite, si tu ne vis pas tes rêves maintenant, ce sera plus difficile sur le tard ». Même si elle écoutait à moitié, elle y avait quand même réfléchi.

Elle était âgée de seulement vingt-quatre ans mais en reflétait beaucoup plus de par sa maturité. Emma avait peu d'attaches amicales bien qu'elle connaissait énormément de monde. Elle n'avait jamais compris les gens qui avaient de meilleurs amis, préférant se nourrir d'un peu de tout le monde que beaucoup d'un nombre de personnes restreintes.

Afin de faire face aux éventuelles difficultés techniques qu'elle pourrait rencontrer lors de sa traversée de l'Europe, Emma suivit une formation pour entretenir son vélo. Cela lui permit de mieux connaître son véhicule et son fonctionnement. Elle sut ainsi avant son départ réparer un pneu crevé, faire face à des freins qui se voudraient capricieux, réagir rapidement si un rayon se cassait…

Elle dut aussi se préparer à minima physiquement, le mental elle l'avait. Elle fit quelques grandes sorties en vélo des soirs dans la semaine et dans le week-end, quelques exercices de renforcement musculaire pour supporter le poids du vélo et de ses affaires.

Concernant l'alimentation, elle avait lu plusieurs témoignages disant qu'il fallait oublier les traditionnels repas petit déjeuner-déjeuner-dîner et opter pour des grignotages tout au long de la journée. En effet, des repas trop lourds pouvaient entraîner une mauvaise digestion et ainsi donner des crampes, des maux de ventre sur le trajet.

Elle se prépara quelques contenants de fruits secs, de barres énergétiques riches en sel. Elle prévoyait de s'arrêter dans les épiceries et sur les marchés locaux pour l'alimentation principale. Elle organisa une petite fête quelques jours avant son départ afin de profiter de tous les gens qu'elle aimait, diffusa un message sur les réseaux sociaux pour annoncer la nouvelle afin de n'oublier personne.

Des bières locales, des salades composées, des fruits et des légumes fraichement cueillis du jardin de ses parents. Toutes les bonnes choses gustatives se trouvaient sur le buffet préparé.

Rares les fois où elle se pouponnait mais ce jour-là, elle fit un effort. Elle enfila une robe à fleurs colorée de fabrication française dégotée chez Emmaüs, qui allait parfaitement à sa peau hâlée.

Elle coiffa sa longue chevelure brune pour la laisser onduler et retomber jusqu'en bas de son dos frêle. Elle avait pris soin de s'épiler, geste qu'elle n'effectuait à aucune occasion. Elle se maquilla légèrement, assez pour rehausser son regard en dessinant un trait fin noir au-dessus de ses cils.

Elle ne s'était jamais trouvée aussi belle que ce jour-là. Emma ne se reconnut pas dans le miroir mais le reflet lui plaisait, elle eut l'impression de ressembler à toutes ces filles qu'elle croisait dans la rue.

Elle eut un succès fou auprès de ses invités. Certains regards de ses amis masculins avaient un œil différent ce jour-là…

Emma était aimée par tout le monde. Son humanité, son humour, sa joie de vivre apportaient de vraies ondes positives auprès des gens qu'elle côtoyait.

Des souvenirs, des rires, des larmes, des embrassades avaient rythmé cette journée. Emma savait qu'elle partirait avec un joli souvenir, celui de voir tous les gens qu'elle aime, heureux. Lorsque tout le monde repartit, chacun prit le temps de glisser une petite phrase, un mot gentil dans l'oreille de la future aventurière.

Elle eut droit aux accolades de ses invités, prit le temps de respirer chacune de leurs odeurs. Étrangement, elle ressentit un sentiment particulier lorsque Guillaume, un de ses amis lui caressa le dos du bout de ses doigts, lui murmurant la phrase « tu vas me manquer Emma, il faudra que l'on se parle à ton retour… ».

Ce contact physique était le premier qui lui provoquait autant de frissons sous une chaleur de 30 degrés.

Elle n'était jamais tombée amoureuse mais savait à ce moment qu'il était possible de se tourner seulement vers une personne. L'envie d'être avec lui fut immédiate bien qu'elle ne l'avait jamais regardé vraiment auparavant. Pendant une minute, elle eut hâte d'être à son retour pour écouter ce que Guillaume avait à lui dire.

Elle reprit ses esprits et lui répondit en hochant la tête, accompagnée d'un sourire et d'un regard qui en disait long…

Le jour J était arrivé. Son vélo ainsi que ses bagages étaient prêts. Il ne lui restait plus qu'à prendre quelques souvenirs pour l'accompagner. Elle prit une photo de ses parents et une petite boîte qu'elle définissait comme son porte-bonheur. Elle seule savait ce que contenait cet objet précieux.

Elle embrassa ses parents durant de longues minutes avant de leur confier qu'elle les aimait très fort. Alors qu'elle se dirigeait vers son compagnon de route, sa mère l'arrêta et lui fit don d'un bijou auquel elle tenait, celui qu'elle ne quittait jamais. Elle-même l'avait reçu d'un habitant en Afrique lors d'une expédition pour faire du bénévolat lorsqu'elle était plus jeune. Un collier tout en perles colorées. Il n'avait aucune valeur commerciale mais ce geste valait tout l'or du monde. Emma savait à quel point sa mère y tenait. Elle lui promit d'y faire très attention et qu'il lui porterait bonheur durant tout son voyage.

Emma s'installa sur son vélo et commença à donner ses premiers coups de pédales, laissant ses parents la regarder partir avec un sourire plein de tristesse…

Elle s'estimait chanceuse, le beau temps était au rendez-vous. Elle avait décidé de partir un dimanche, les routes étant plus désertes. Les premiers kilomètres représentaient l'inconnu. Pendant quelques heures, elle se posa des questions inédites. N'était-il pas imprudent de partir durant de si longs mois toute seule ? Affrontant tous les temps possibles ? La pluie, le vent, les fortes chaleurs, l'orage ? Il était également probable qu'elle croise des individus ayant de mauvaises intentions.

***

Emma avait parcouru quarante kilomètres et ses deux bidons d'eau étaient déjà vides. Elle décida de faire une première halte lorsqu'elle vit un endroit agréable pour s'y arrêter faire une pause. Lorsque ses jambes retrouvèrent le sol, elle eut une sensation musculaire étrange. Les douleurs aux fesses et dans les cuisses ne lui échappèrent pas. L'espace où elle se retrouva était grand, ombragé grâce à de hauts arbres, décoré de fleurs aux multiples couleurs. On entendait des rires d'enfants tout droit venus d'une aire de jeux.

Emma trouva cet endroit inconnu, très agréable. Elle trouvait les buissons ainsi que l'herbe trop taillés (empêchant ainsi la biodiversité) mais il fallait reconnaître que l'espace était apaisant.

Elle remplit ses bidons à une fontaine à eau qu'elle trouva facilement et s'arrêta sur un banc pour profiter de l'air frais provoqué par quelques coups de vent. Elle prit son portable pour envoyer un selfie à ses parents, une photo d'elle tirant la langue avec un air essoufflé ayant pour légende « Premier arrêt cardiaque, euh premier arrêt tout court ! Mes jambes survivent après avoir pédalé quarante kilomètres. Bisous bisous ».

Elle vit plusieurs notifications mais n'en ouvrit qu'une seule. Il s'agissait d'un message de Guillaume qui lui disait « Tu me manques déjà… ». Elle sourit et décida de ne pas répondre de suite.

Elle vit des toilettes et s'y arrêta avant de repartir puis se dirigea vers la sortie de ce parc immense. Sur son chemin, elle trouva un objet qu'elle connaissait bien puisqu'elle avait l'habitude d'en côtoyer régulièrement. Elle n'hésita pas une seconde et se précipita vers ce trésor pour rechercher la pépite qui repartirait avec elle. Elle ouvrit la boîte à livres et commença à explorer les bouquins qui s'y trouvaient. Un seul roman attira son attention, un livre intact comme s'il n'avait jamais été lu. Il était signé d'une auteure qu'elle ne connaissait pas. Le résumé était intrigant car peu de lignes étaient écrites. Deux phrases seulement qui n'avaient pas de lien entre elles. Ces éléments étaient suffisants pour choisir celui-ci parmi tous les autres. Elle le prit et referma la boîte. Elle ne le savait pas encore, mais Emma serait la première lectrice de ce roman.

Alice

Lorsqu'Alice rentra chez Mima, elle fut ravie de sentir la bonne odeur qui envahissait la cuisine jusqu'au salon. Elle lui avait préparé son repas préféré, des lasagnes aux légumes d'été. Décidément, cette journée se terminait vraiment bien. Reconnaissante, Alice enlaça sa grand-mère pour la remercier de tout ce qu'elle avait fait pour elle durant ces derniers mois. Sans elle, elle n'aurait jamais pu écrire.

Rosa aimait le contact de sa petite fille, elle savait ce qui lui faisait plaisir, connaissait parfaitement ses failles, ses faiblesses. Elle avait senti qu'elle avait besoin de réconfort, que ses démarches non abouties la rendaient vulnérable. Un bon petit plat apportait toujours une note mélodieuse pour remédier à une baisse de moral. Elle avait perçu sur son visage cerné par la fatigue qu'il lui fallait reprendre des forces pour ne pas abandonner son projet. Mima avait toujours su qu'Alice avait un don pour l'écriture. Petite, elle lui écrivait déjà des poèmes. Elle avait cette capacité à attendrir, à toucher la corde la plus sensible de l'être humain. Elle n'avait jamais compris son fils ainsi que sa belle-fille, de ne pas l'avoir encouragée. Pire, de lui avoir dit que ce projet était une idée stupide. Elle leur en voulait beaucoup pour cela. Elle fut flattée le jour où Alice lui avait demandé de l'héberger durant une année pour espérer atteindre son rêve. Elle n'avait évidemment pas hésité une seule seconde. Mima était la seule et unique à avoir lu son roman, le seul qu'elle avait réussi à lire jusqu'au bout. Un phénomène littéraire lui avait-elle dit malgré une note triste sur la fin. Elle la remercia d'exister pour lui avoir provoqué autant d'émotions dans ces trois cent cinquante pages. Alice avait rougi ce jour-là, restant tout de même sur ses gardes quant à l'objectivité de sa grand-mère.

Lorsqu'Alice eut terminé son repas, elle ne tarda pas à se diriger vers sa chambre pour se reposer. Elle repensa à sa journée et imagina des scénarios sur la suite de son livre. Qui pourrait être intéressé par sa lecture sachant qu'il n'y avait même pas de code ISBN sur la dernière page de couverture ? Qui lirait un livre non référencé ? Cela renverrait aux gens l'échec de quelqu'un qui se rêvait écrivain. Était-elle ainsi ? une rêveuse ? Envieuse de ces romanciers tels que Marc Lévy, Michel Bussi, Virginie Grimaldi qui vivent de leur roman ?

Trop de questions tournaient dans sa tête. Elle décida de prendre son téléphone et de réactiver son compte Facebook qu'elle avait coupé dix mois auparavant.

Sans surprise, elle vit un nombre de notifications interminable et plusieurs demandes d'ajout d'amis. Elle les regarderait plus tard. Ce qui l'intéressait, c'était ses amis. Les trois qu'elle avait laissés sans nouvelles. Elle regarda son fil d'actualité mais ne vit aucun d'entre eux. Elle tapa alors leurs noms, un par un. Elle n'eut pas besoin de beaucoup de temps pour se rendre compte qu'ils s'étaient créé un projet commun, dont elle ne faisait pas partie.

Alice vit ses amis, Nola, Susie et Soan sur plusieurs selfies, dans plusieurs capitales de différents pays. En allant un peu plus loin dans leur fil d'actualité, elle comprit que ses meilleurs amis étaient partis faire le tour du monde. Un rêve qu'ils avaient déjà évoqué auparavant.

Elle ressentit un sentiment de frustration. Comment avaient-ils pu prévoir ce voyage sans elle ? Elle qui avait passé les dix dernières années avec eux. Elle se sentit triste et se rendit à l'évidence, tout était de sa faute. C'est elle qui avait fait le choix de rompre le lien pour écrire. Comment pouvait-elle en vouloir à ses amis de poursuivre leur rêve ? Leur destin ? Elle regretta de ne pas être de la partie et de ne pas être auprès d'eux à cet instant précis.

Ils auraient de multiples choses à raconter à leur retour tandis qu'elle, elle leur raconterait les crampes qu'elle ressentait dans les doigts, sa nouvelle paire de lunettes qu'elle avait dû acquérir pour reposer ses yeux fatigués par le travail quotidien sur son écran. Il était évident qu'elle avait sacrifié des moments de sa vie qu'elle ne rattraperait jamais.

Alice envoya un message sur le groupe Whatsapp qu'ils avaient créé avec ses amis « Vous m'avez manqué, je vous aime… » puis éteignit son téléphone. Maintenant, elle pouvait pleurer en silence et vider toutes les larmes qu'elle pouvait.

Emma

Des centaines de kilomètres se ressentaient dans tous les membres d'Emma. Des douleurs dans la nuque, dans les bras, dans le bout des doigts, dans les cuisses…

D'après les témoignages qu'elle avait lus, les premiers kilomètres étaient les plus longs. Il fallait que son corps s'habitue. Malgré cette information, elle menaçait régulièrement ses membres que s'ils n'y mettaient pas du leur, elle ferait demi-tour. Il y avait une contradiction entre sa tête et son physique, elle les mettait sans cesse au défi.

Ses douleurs s'évaporaient lorsqu'elle traversa la Suisse. Elle avait déjà parcouru un pays. Il ne lui en restait plus que huit. Elle trouva le paysage mirifique, les montagnes, les lacs, les chemins qu'elle arpentait étaient d'un calme silencieux qu'elle savait apprécier. Elle saluait toutes les vaches qu'elle croisait dans les prairies verdoyantes.

Elle ne vit pas d'humain sur son chemin, elle se sentait presque étrangère. Si loin de son domicile, Emma eut une sensation de liberté qui lui apportait beaucoup de bien… Elle se sentait en adéquation avec tous les éléments qui l'entouraient, en immersion totale avec la nature dont elle était grandement amoureuse.

Elle décida de faire un bivouac au bord de l'eau. L'endroit ne pouvait être qu'idéal. Après avoir installé sa tente, elle fit une séance de yoga pour se ressourcer et étirer son corps fatigué.

Elle souriait, respirait profondément toutes les odeurs saines de cet endroit idyllique.

Elle envoya un message à ses parents et ses amis avec en pièce jointe une photo du lac devant une belle montagne au soleil couchant. Aucun filtre n'était nécessaire, les lumières étant déjà parfaites. Totalement apaisée, elle réfléchit à ce qu'elle pourrait faire pour le reste de sa soirée. Elle souhaitait opter pour une activité reposante, son corps en avait besoin.

Soudain, elle se souvint de sa trouvaille lors de son départ. Elle fouilla dans son sac et en ressortit le mystérieux roman trouvé dans la boîte à livres quelques jours plutôt…

Le moment ne pouvait être meilleur pour prendre du temps pour lire.

Emma avait pour habitude de s'intéresser à des sujets tels que l'écologie, le jardinage, certaines revues politiques.

Elle ne lisait pas forcément de romans, par manque de temps. Si elle avait sélectionné celui-ci dans la boîte à livres, c'est parce qu'il évoquait plusieurs signes mystérieux.

Il était signé d'une auteure méconnue à ses yeux, le sujet n'était pas clairement identifié, l'absence du code ISBN à l'arrière de couverture l'avait interpellée.

Dès les premières pages, elle fut absorbée par l'histoire menée par cette auteure qu'elle ne connaissait pas. À la fois subtile et drôle, attachante, évoquant une histoire d'amour dont le départ se passe à travers un rêve.

Certaines lignes lui rappelaient des passages de sa vie, des rencontres qu'elle avait pu faire. Elle sourit, le cœur réchauffé par des phrases bien choisies.

Le récit était bien ficelé, bien mené. Emma ne put s'en

décrocher. La fatigue l'avait envahie mais les chapitres étant courts, elle se dit à chaque fois « encore un » jusqu'à ce qu'elle le termine. Elle enchaina environ six heures de lecture.

Elle fut triste lorsqu'elle arriva à la dernière ligne. Émue, ce livre lui avait procuré un mélange de sentiments, touchant ses émotions les plus enfouies. Elle le savait, ce roman qui l'avait transportée restera un des plus beaux souvenirs de son voyage.

Emma dormit profondément cette nuit-là. Lorsqu'elle se réveilla, elle se sentit très bien. Elle avait dormi blottie contre le roman d'Alice.

Avant de reprendre la route, Emma fouilla dans son sac pour trouver un stylo. Avec le plus grand soin, elle inscrivit de sa plus belle écriture, quelques mots sur les pages blanches qui se trouvaient à la fin de ce merveilleux roman.

Elle rangea ses affaires, démonta sa tente pour tout charger sur son vélo. Elle donna quelques coups de pédales pour repartir et sentit immédiatement les kilomètres déjà parcourus sur ces derniers jours. Ses jambes la tiraillaient et elle savait que le chemin allait être long. Elle profita du cadre en voyant défiler les paysages. Elle se sentait privilégiée d'être au sein de cet endroit magnifique.

En explorant les paysages autour d'elle, Emma en oublia la vigilance sur le chemin et ne vit pas la grosse pierre qui se trouvait en plein milieu. Elle perdit l'équilibre soudainement, son vélo bascula sur le côté droit et elle se retrouva coincée sous sa charge lourde, incapable de la déplacer seule. Elle cria de douleurs mais surtout de peur, elle n'avait croisé personne et savait que ses hurlements ne serviraient pas à grand-chose. Elle sortit comme elle put son téléphone de sa poche et composa le numéro d'urgence. Elle dut déclencher sur son appareil la géolocalisation pour permettre aux secouristes d'identifier l'endroit où elle se trouvait. Environ sept minutes après avoir donné l'alerte, un hélicoptère apparaissait. Les routes étaient impraticables pour accueillir des véhicules à quatre roues.

Quand ses sauveteurs inspectèrent son état de santé, ils la rassurèrent en lui disant qu'elle allait s'en sortir et qu'ils l'emmenaient vers l'hôpital le plus proche afin qu'on lui accorde les soins dont elle avait besoin.

L'un d'entre eux se mit à sourire lorsqu'Emma demanda s'ils pouvaient prendre son vélo, son seul compagnon de ces derniers jours. Le laisser seul ici, c'est comme si elle l'abandonnait dans ce vaste endroit, perdu au milieu des limaces et des escargots. Elle réussit tout de même à emporter son sac contenant ses papiers et quelques affaires personnelles.

Durant tout le trajet dans l'hélico, elle ne pensait pas aux éventuelles conséquences de son accident. Non, elle avait plutôt en tête la perturbation de son voyage, est-ce qu'elle serait contrainte de mettre un terme à son projet ? Elle n'avait à aucun moment émis cette hypothèse et s'en voulait d'avoir été aussi peu vigilante durant ce laps de temps, ce qui avait entraîné sa chute.

Lorsqu'Emma fut accueillie par l'équipe de soin médical, ils vérifièrent immédiatement sa jambe qui avait été touchée. Le médecin d'urgence la rassura :

— Ne vous inquiétez pas ma petite dame, c'est juste un petit bobo.

— Merci docteur mais je n'ai pas quatre ans, pouvez-vous être plus précis dans vos propos ? Quand est-ce que je vais pouvoir repartir ?

— Disons le temps de soigner votre blessure, changer les pansements… Il faudra compter environ une dizaine de jours. On pourra certainement mettre en place des soins à domicile.

— C’est impossible, je vis en France et je ne peux pas y retourner maintenant.

— Dans ce cas, voyez avec votre assurance, je suis sûr qu’elle pourra vous apporter une solution !

Le docteur mit un terme à cette conversation et elle l’entendit dire à une des infirmières « Ah ces touristes… ».

Elle était en colère de la situation. Ce docteur l’avait mis en rogne, son vélo à des kilomètres, son voyage interrompu, cette chambre d’hôpital triste et déprimante… La bonne nouvelle dans l’histoire, c’est que sa jambe était hors de danger.

Elle appela ses parents qui lui proposèrent immédiatement de venir la rejoindre. Elle les rassura en leur disant qu’il fallait qu’elle se repose et voir comment sa blessure évoluait, que leur présence n’était pas nécessaire.

Elle vit avec son assurance pour faire rapatrier son vélo vers une adresse où elle pourrait le récupérer rapidement.

Finalement, elle resta sept jours à l’hôpital. Sa blessure fut soignée rapidement grâce aux bons soins qui lui avaient été procurés.

Le jour de son départ, elle croisa un jeune dans une des salles de pause où elle patientait pour régler les derniers formulaires de son départ. Il était amaigri, le crâne et les sourcils chauves, d’une pâleur qui ne laissait pas de doute sur sa raison d’être à cet endroit.

Comme à son habitude, Emma aborda ce jeune homme avec tact, sans jugement ni tristesse dans son regard afin d’établir une conversation sympathique avec lui.

Il s’appelait Bastien, seize ans, avait passé plus de temps ici que n’importe qui de son âge. On lui avait détecté une leucémie deux ans auparavant et combattait depuis, sa maladie. Il connaissait tous les soignants, tous les recoins de l’hôpital qui était devenu sa deuxième maison. Au début, ses amis venaient le voir, puis ils ont arrêté lorsque Bastien a commencé sa chimiothérapie. Ses copains et copines ne supportaient plus de le voir ainsi et les douleurs étaient plus fortes que leur amitié. Il avait des visites régulières de ses parents de temps en temps et de ses grands-parents.

Son chien Hector lui manquait beaucoup mais l'hôpital refusait tout animal.

Lorsque Bastien demanda à Emma les raisons pour lesquelles elle était ici, elle se trouva idiote et décida de le faire voyager en lui parlant de son expérience à vélo où elle exprima après s'être demandé si lui partager son expérience avec sincérité n'était pas maladroit « Voyager à vélo, c'est tous les jours l'inconnu, tu décides où tu vas, tu découvres de nouvelles choses en écoutant ton corps, tes sensations. C'est la liberté absolue. On est dehors tous les jours avec le soleil, la pluie, les odeurs, les animaux, le paysage qui défile. Tu as la sensation de revivre ». Elle avait un large sourire aux lèvres, contagieux puisque Bastien fit de même. Le récit d'Emma lui donnait envie de s'évader lui aussi.

Elle lui demanda comment allait s'organiser la journée et Bastien lui dit que comme d'habitude, l'ennui l'accompagnerait.

Emma fut interrompue par un agent administratif pour lui dire que tout était réglé, qu'elle pouvait quitter les lieux. Bastien eut un visage triste, conscient que sa nouvelle amie allait repartir et qu'il se retrouverait seul. Emma aperçut immédiatement le changement de faciès de ce patient pour qui elle éprouvait beaucoup de compassion. Elle voulut pleurer lorsque Bastien lui dit qu'elle avait beaucoup de chance et qu'il aimerait être à sa place, trouver une liberté plutôt qu'être enfermé comme dans une prison.

Spontanément, Emma, hypersensible, fit la promesse de revenir le voir dans les prochains mois, dès qu'elle aurait fini son périple et qu'à son retour, s'il promettait de continuer à combattre sa maladie, elle lui donnerait son vélo pour qu'à son tour il puisse se préparer pour faire le tour du monde. Un sourire lumineux se dessina aussitôt sur le visage de Bastien, touché par ce que cette personne inconnue rencontrée quelques minutes plus tôt lui promettait.

Emma était ainsi, elle aimait les gens et avait plus d'intérêts pour les autres que pour elle-même. Elle pleurait intérieurement devant cet adolescent privé d'une vie qu'un jeune de son âge devrait avoir. Elle avait toujours été en colère contre les injustices de la vie. Elle savait que dans ce genre de situation, un objectif pouvait maintenir en vie, emmener vers la guérison. Elle n'hésita donc pas à lui faire une promesse de don de son bien le plus précieux du moment.

Elle commença à rassembler ses affaires sous l'œil attentif de son nouvel ami. Il lui sourit et lui dit de faire attention et d'être plus prudente sur les chemins. Emma sourit à son tour, lui donna son numéro et son profil Instagram « je te donnerai des nouvelles, tu pourras me suivre via les réseaux ».

Elle commença à se diriger vers la sortie puis s'arrêta net avant de revenir vers Bastien. Elle fouilla de nouveau dans son sac et sortit son dernier roman lu :

— Tiens, prends-le. C'est un très bon livre.

— Je ne lis pas de roman, je suis malade mais je ne suis pas une gonzesse.

— Allez arrête de dire des bêtises. Les romans ne sont pas écrits pour des filles. La lecture est destinée à tout le monde, elle n'a pas de sexe. Mais surtout, ce livre te fera du bien.

Bastien fut dubitatif. Il n'avait jamais réussi à lire un roman en entier. À l'école, lorsqu'on l'obligeait à faire des études littéraires, il lisait seulement quelques lignes de certains chapitres. C'était écrit trop petit, trop peu d'images, trop long…

Emma insista, il avait tout son temps pour lire et il n'avait plus d'excuses de se plaindre de l'ennui. Au final, il se dit que ça changerait de la télé.

Il prit le livre des mains d'Emma et ils se sourirent tous les deux, avant de se quitter.

Alice

— Ma chérie ! s'écria Rosa.

— Oui, ne hurle pas Mima, je suis juste à côté de toi.

— J'ai une bonne et une mauvaise nouvelle.

— Commence par la bonne s'il te plait, je veux accueillir la mauvaise avec une humeur joviale.

— Alors l'excellente nouvelle, c'est que pour toute la semaine, les prévisions météo sont estivales ! Nous allons pouvoir sortir les maillots de bain, la crème solaire, la plancha pour les barbecues !

Alice sentit que la mauvaise nouvelle s'annonçait inquiétante et décida d'interrompre sa grand-mère pour la découvrir sans attendre.

— OK, va à l'essentiel s'il te plait. Je m'attends au pire pour la mauvaise.

— Hum… Ton père vient de m'appeler et ils viennent nous rendre visite durant tout le week-end avec ta sœur et son petit ami.

Ce n'était donc pas une mauvaise nouvelle mais la pire qu'on pouvait lui annoncer. Alice se sentit nauséeuse.

— Pourquoi t'ont-ils appelé toi plutôt que moi ? reprit Alice avant de vérifier qu'aucun appel manqué n'apparaissait sur l'écran de son téléphone.

— Peut-être qu'ils voulaient te faire une surprise ? répondit Rosa pour essayer de dédramatiser la situation.

Alice pensa à improviser un week-end sur Paris ou un trek dans le Jura, mais savait au fond d'elle qu'elle n'échapperait pas à sa famille. C'était pile le moment où elle ne voulait pas les voir, ne voulant pas se justifier sur l'échec de son livre.

— De toute façon, il fallait bien que je les revoie… Au moins ce sera fait.

— Ne t'inquiète pas ma chérie, je serai là et tu es chez toi. Si ça dégénère, on les vire ! Ou on leur fait cramer les saucisses, ils partiront d'eux-mêmes ! rassura avec humour Rosa.

Elles éclatèrent de rire ensemble. Mima proposa à Alice d'aller au restaurant pour se détendre un peu. Cette dernière n'hésita pas, leurs estomacs acquiescèrent eux aussi.

Elles s'apprêtèrent toutes les deux et se mirent sur leur trente et un. Alice n'était pas partie en soirée depuis de nombreux mois. Elle mit une robe patineuse noire et des sandales dorées qui venaient de la boutique où elle travaillait.

Cela lui rappela que ça faisait longtemps qu'elle n'avait pas fait de shopping et à quel point il était agréable de porter une tenue élégante, de se sentir belle dedans. Son rouge à lèvres rouge mettait en valeur ses lèvres et allait parfaitement avec le brun de ses cheveux.

Lorsqu'elle sortit de sa chambre et croisa sa grand-mère, toutes deux furent ébahies par la beauté de l'une et de l'autre. Elles étaient belles toutes les deux, à leur manière.

Elles étaient prêtes pour passer une belle soirée dans le restaurant préféré de Rosa.

***

Alice était fière de l'accompagner dans ce lieu qui était si cher aux yeux de Mima. Elle y était allée souvent lorsqu'elle avait rencontré son deuxième mari, le grand-père adoptif d'Alice. Il avait été son plus bel amour, celui qui touche en plein cœur, mais n'avait duré que quelques années seulement. Il avait été attentionné et bienveillant jusqu'à son dernier souffle. Les enfants de Mima n'avaient jamais approuvé ni accepté cette relation. Seule Alice était venue à ce second mariage et avait su accueillir le bonheur de sa grand-mère. Pour elle, la voir ainsi heureuse avait été suffisant pour comprendre qu'elle avait fait le bon choix. Quitter son premier mari avait attiré toutes les critiques possibles, mais elle avait eu le cran, celui d'accepter que l'amour était plus fort que la raison.

Rosa avait souffert des reproches de sa famille, particulièrement ceux de son fils et de sa belle fille qui lui avaient demandé de faire un choix entre eux et son nouveau mariage. Rosa avait pleuré durant des jours. Elle avait fini par choisir celui qui la consola, qui sut trouver les mots, les gestes tendres dont elle avait besoin. C'était la première fois de sa vie qu'elle se sentait aussi précieuse pour un homme. Elle n'était plus la compagne qui passait son temps à préparer les repas, à faire le repassage, les tâches ménagères... Avec Armand, son nouveau mari, elle s'était sentie précieuse, aimée par toutes les attentions qu'il lui portait.

Alice avait été témoin de tout cela et appréciait énormément celui qu'elle considérait comme son deuxième grand-père. Armand qui avait passé toute sa carrière dans la finance, consacrant sa vie au travail, avait découvert l'amour avec Rosa, le vrai. Il l'emmena voyager aux quatre coins du monde, lui fit découvrir la randonnée, le canyoning, des vacances en van... Ils se lançaient des défis en vivant avec un euro par jour en s'inspirant de l'émission Pékin express (l'histoire n'avait duré que deux heures, fatigués de se voir refuser le transport par les conducteurs à chacune de leur interpellation). Leurs anecdotes, lorsqu'ils les racontaient à Alice, les mettaient dans une bonne ambiance et ils finissaient tous en éclats de rire.

Alice rêvait d'avoir une telle relation. Ils étaient tellement complices, elle avait vu depuis leur rencontre un changement radical sur le comportement de sa grand-mère, comme si elle la redécouvrait, mais sous sa vraie nature.

Lorsqu'Armand fut enterré, c'est un peu comme si une partie de Rosa fut mise sous terre en même temps. Son sourire et sa joie de vivre disparurent pendant de longs mois. Alice s'en voulait d'être aussi loin et descendait lui rendre visite autant qu'elle le pouvait. Les parents d'Alice s'étaient rendus à l'enterrement. Rien n'avait été pire pour Rosa, ils avaient refusé le mariage mais accepté la mort de son bien-aimé.

Elle avait décidé de ne pas faire d'histoire mais au fond, elle éprouvait une rage envers eux. Ils avaient eu la délicatesse de se mettre au fond de l'église ; dans le cas contraire, la situation aurait pu tourner au désastre.

Depuis ce jour dramatique, les rapports avaient repris et ils se voyaient de temps en temps.

***

Installées au restaurant, Alice et Rosa profitèrent d'un bon repas accompagné d'un bon vin blanc. La salle était remplie, cela faisait du bien à toutes les deux d'être entourées par du monde, d'être accompagnées par tout ce bruit même s'il était difficile d'avoir des conversations.

Rosa était nostalgique, regardait chaque détail du restaurant qu'Armand avait tant aimé. Alice observait sa grand-mère, comprenant parfaitement qu'elle était projetée dans ses souvenirs. Elle décida de ne pas l'interrompre dans ses pensées, sachant qu'elle vivait un bon moment dans son passé. Rosa reprit la conversation en lui disant que les raisons pour lesquelles Armand aimait tant ce restaurant, c'est parce qu'il lui faisait penser à elle. Il lui avait dit « Tu vois, ce restaurant, il est un peu comme toi. À la fois simple, élégant, surprenant. La cuisine est parfaitement délicieuse, chaque bouchée nous donne envie d'en reprendre une autre et à la fin du repas, on sait qu'on a choisi le meilleur plat et on devient un client fidèle… ».

Alice regarda Mima en souriant, écoutant ces jolis souvenirs. Armand lui manquait à elle aussi. Il avait été tellement gentil avec elle, la considérant comme sa petite fille. Elle avait eu une plus belle relation avec lui qu'avec son grand-père paternel. Ce n'est pas qu'il n'était pas gentil, le problème n'était pas là. Il était glacial, impassible, sans émotions. Lorsqu'Alice était triste ou pleurait quand elle était enfant, il sortait des billets qu'il lui tendait. Il croyait que tout problème était solutionné par l'argent. Lorsqu'il se disputait avec Mima, il lui achetait des bijoux hors de prix pour se faire pardonner. S'il avait su vraiment la connaître, il aurait su que Rosa détestait tous ces objets et préférait ceux qu'elle trouvait sur les marchés artisanaux, fabriqués manuellement par des personnes ayant de l'or dans les mains.

À la fin du repas, Alice proposa à sa grand-mère de faire une petite marche pour digérer. Après quinze minutes de marche environ, elle reconnut le quartier et se rappela que le parc qu'elle avait découvert quelques jours plus tôt se trouvait à deux pas. Sa grand-mère qui commençait à avoir des douleurs dans les jambes lui demanda si ça la gênait de faire demi-tour.

— Alice Chérie, je crois que mes deux cannes vont me lâcher si je marche encore longtemps.

— Attends Mima, tiens il y a un banc. Repose-toi là cinq minutes, je dois juste aller vérifier un truc et je reviens.

— Ne tarde pas, et puis fais attention à ne pas croiser de mauvais garçons.

— Ne t'inquiète pas, j'appelle un taxi et je reviens.

Alice accéléra le pas pour se rendre au parc. Il n'y avait personne. Lorsqu'elle entra, elle vit au loin que l'endroit où elle voulait se rendre, était balisé de bandes blanches et rouges.

Elle s'approcha et découvrit avec stupéfaction que la boîte à livres avait été saccagée, elle n'était plus que poussière désormais. Quelqu'un y avait mis le feu. Tous les livres qu'elle contenait étaient partis en fumée. Elle se demanda qui pouvait être aussi idiot pour dégrader le matériel et détruire ainsi des objets culturels. Pour quelle raison ? Elle ne le saurait jamais.

Alice était consternée. Elle resta devant ce qui restait de la boîte à livres sans un mot, se demandant intérieurement si son roman avait brûlé comme tous les autres…

Bastien

Il avait quatorze ans lorsque le diagnostic était tombé. Ses maux de tête répétitifs et son envie de vomir constante n'étaient alors pas anodins. C'est après un malaise avec perte de connaissance que ses parents avaient compris la gravité des symptômes et s'étaient dirigés immédiatement vers l'hôpital le plus proche. Le médecin avait convoqué ses parents et Bastien à qui il n'avait pas l'intention de cacher la vérité. Sa mère, Aline, s'était écroulée après l'annonce du diagnostic. Son fils qui ne comprenait pas bien ce que le médecin venait de lui dire, vit à la réaction de sa mère que c'était grave.

Voulant à tout prix mettre fin à chaque épisode dramatique, il prit la main de celle-ci et lui dit en adoptant un accent du sud de la France : « Maman, tu sais à quel point je suis bon tireur, je vais dégommer cette maladie ! »

***

Avant l'annonce de cette terrible nouvelle, Bastien était un adolescent jovial, bon à l'école mais pas le meilleur élève, beau mais sans l'être trop, ayant un don particulier pour l'humour. Il avait une répartie et des blagues spontanées qui gagnaient à coup sûr les rires de tout le monde. C'était d'ailleurs ce qui le distinguait des autres.

Il savait que quelque chose n'était pas normal entre la fatigue, les maux de tête ressemblant à des coups de marteau, les envies de vomir quotidiennes… Bastien avait décidé de le cacher au mieux à ses parents, ne voulant pas les inquiéter.

Lorsque le diagnostic tomba, il sut que le protocole serait long.

Lors de son premier rendez-vous avec l'oncologue, il reçut les explications après tous les examens passés.

Le médecin expliqua qu'il était atteint d'une leucémie aiguë lymphoblastique (des précurseurs de globules blancs se multiplient de façon anormale sans finir leur maturation, ce qui les empêche de remplir les fonctions habituellement attendues de cette lignée de cellule). Le type de cette leucémie de la lignée T touchant le développement des lymphocytes T, responsables de l'immunité adaptive était la forme touchant principalement les adolescents. Le traitement par chimiothérapie était inévitable, avec éventuellement une greffe de moelle osseuse… Le taux de guérison était rassurant avec une majorité à 80 %, même si dans la tête de Bastien, cela voulait dire qu'il avait 20 % de chance de ne plus être en vie à la fin du traitement.

Bastien écoutait le docteur mais ne comprenait pas bien les termes, quelque peu trop techniques pour lui. Il ne retint donc que les mots vaguement entendus à la télé. Il se souvenait très bien de cette série que sa mère aimait tant, « les bracelets rouges ». Une série évoquant plusieurs enfants malades, séjournant à l'hôpital. Il ne s'était jamais imaginé qu'il puisse un jour se retrouver à la place d'un de ces adolescents. Sauf que dans son cas, ce n'était pas une fiction, il n'était pas un acteur. Sa maman ne s'arrêterait pas de pleurer à la fin d'un épisode.

Après ce premier rendez-vous avec l'oncologue, Bastien et ses parents passèrent devant la salle de repos et où il vit plusieurs patients, avancés dans la maladie. Ils étaient chauves, très pâles, très maigres. Il y avait des personnes de tous les âges. Celle qui le marqua particulièrement était une femme d'environ quarante ans portant un foulard, vêtue d'une jolie robe longue colorée qui égayait le décor sombre de l'hôpital. Elle était accompagnée d'un homme de son âge et de deux adolescents, un garçon et une fille. Il jugea que ça devait être le mari et ses enfants et que cette femme était celle qui devait combattre l'enfer. Elle semblait à la fois si forte et si fragile en même temps, elle écoutait ses enfants lui racontant leur vie au lycée, au sport, le dernier film qu'ils étaient allés voir au cinéma. Au moment où la mère de Bastien l'interrompit pour repartir, il croisa le regard de la jeune fille qui lui sourit, il en fit de même…

C'est lorsqu'il s'était retrouvé dans sa chambre, au milieu de ce nouvel univers qu'il réalisa ce qui lui arrivait. Il devait interrompre sa scolarité, arrêter le handball pour se faire soigner et surtout, se reposer au maximum. Ses yeux étaient remplis de larmes qu'il ne parvenait pas à verser. Il savait que son futur n'allait pas être joyeux et qu'il allait entrer dans un long combat, un cauchemar infini.

Bastien n'avait plus quatorze ans ce jour-là, il avait l'âge d'accueillir la mort…

***

Bastien avait vécu une bonne partie de sa vie dans le sud de la France, à Toulouse. Son père, Daniel, Directeur de banque avait été muté à Genève lorsqu'il avait dix ans. Il avait dû laisser ses amis, ce qui l'avait attristé profondément. Mais empathique avec les autres, il avait su cacher ce mal-être auprès de ses parents, faisant bonne figure devant eux. Il n'avait presque plus de nouvelles de ses anciens camarades de classe. Ses parents n'avaient pas voulu lui offrir de téléphone portable avant l'âge de quinze ans, et il n'avait le droit qu'à une demi-heure par jour de connexion sur internet. Au fil du temps, ses seules attaches avec sa ville d'origine étaient ses souvenirs, ses grands-parents, oncles, tantes et cousins, cousines. Sa famille lui manquait beaucoup…

Depuis ce départ, sa mère était devenue quelque peu dépressive n'ayant pas retrouvé d'emploi. Elle essayait de prendre un vol pour retrouver ses proches au moins une fois par mois. Son père, ayant beaucoup plus de responsabilités, ne quittait pas son ordinateur jusque tard le soir mais gardait en tête le principal, sa famille. Il pouvait faire des surprises spontanées en sortant des billets le jeudi soir et s'esclaffer : « Je vous emmène à Dysneyland Paris pour le week-end ! ».

En choisissant une mutation à l'étranger, il savait qu'il avait privilégié sa carrière aux dépends du bien être de sa famille, mais il se disait que c'était temporaire. Après cette expérience professionnelle, il pourrait prétendre à un poste encore plus important, dans un pays ou une ville qu'il désirerait.

Lorsque l'annonce du cancer tomba au sein de cette famille, elle fut dévastée.

Daniel à qui on avait confié des objectifs de plus en plus ambitieux, passait ses nuits à rechercher sur internet les causes, les traitements, les meilleurs médecins pour atteindre la guérison de son fils. Il pleurait beaucoup, seul, et ne dormait que quelques heures. Lorsque sa hiérarchie prit connaissance de la situation, elle ne proposa pas d'aménagement de poste expliquant qu'il était trop impactant sur la banque. Il n'eut pas d'autre option que de continuer à se tuer à la tâche. Et puis quelque part, Daniel était un travailleur… Il savait qu'un arrêt de travail le mettrait dans un état psychologique inadéquat à la situation, au sein de sa famille. S'il tombait, le reste de sa famille tomberait aussi. Il devait être fort, garder la tête haute.

Bastien était conscient de tout cela, lorsqu'il ne séjournait pas à l'hôpital, il remarquait bien les insomnies de son père, fouillait en cachette l'historique de ses recherches sur internet et se sentait coupable de ce que sa maladie impliquait.

Il sentait que sa mère était de plus en plus dépressive. Il se répétait qu'il ne devait pas mourir et s'en voulait presque d'être un enfant unique. Il n'avait jamais vraiment réfléchi au fait d'avoir un frère ou une sœur mais y pensait de plus en plus. Il évoqua l'idée à sa mère lui demandant : « Maman, tu aurais encore l'âge d'avoir un deuxième enfant ? ». Cette dernière, ne s'attendant absolument pas à cette remarque, regarda son fils dans les yeux. Sachant exactement où il voulait en venir, elle prit son visage dans ses mains et lui répondit : « Bast, mon chéri… Rien ni personne ne te remplacera. Je n'ai jamais désiré d'autre enfant car j'ai toujours su que le fils à qui j'ai donné vie était l'être le plus précieux au monde, la pièce manquante au puzzle de ma vie pour la combler de bonheur. Je ne vais pas te mentir, oui j'ai peur. Peur que la vie soit injuste et veuille t'arracher à moi. Mais cette peur est fictive. Je sais que tu vas te battre car tu t'es toujours battu. Lorsque tu étais petit, que tu tombais, tu ne criais pas, tu te relevais toujours sans jamais pleurer. Tu gardais tes larmes malgré la douleur et tu continuais ton chemin, la tête levée. Tout comme tu le fais maintenant. Tu as toujours su guérir tes blessures. Alors maintenant, regarde-moi mon fils. N'anticipe pas le parcours éprouvant que tu vas devoir subir ! Essaie de vivre le moment présent. Garde juste en tête la guérison. Je serai toujours à tes côtés. Je t'accompagnerai même si tu ne veux pas de ta vieille mère. Tu es ma merveille, mon être le plus précieux. J'ai toujours tenu mes promesses et je te promets que tu vas vivre encore et encore, et pour longtemps… »

Alice

Elle peina à s'endormir et gardait en tête cette image et cette odeur de brûlé. Elle se dit qu'après tous les refus qu'elle s'était pris en pleine figure, même une boîte à livres ne voulait pas de son roman. De nombreux signes la mettaient selon elle face à la réalité. Elle devait se résoudre à abandonner ses projets de publication, arrêter d'essayer de conquérir de nouveaux lecteurs. De toute manière, cette démarche était celle de la dernière chance. Comme dans un pari qu'elle s'était promis de remporter, elle avait joué son dernier va-tout. Elle avait perdu et devait l'accepter.

Elle pensa et repensa au séjour prochain de ses parents. Voilà de nombreux mois qu'elle ne les avait pas vus. Alice se demandait même s'ils lui avaient manqué, essaya de trouver des moments de complicité qui pourraient l'inciter à se réjouir des retrouvailles, en vain… Elle ne voyait que des problématiques et un stress permanent, imaginant des scénarios pour leur dire bonjour « Salut maman, salut papa, ça fait un bail ! Je suis ravie de vous revoir, vous m'avez tellement manqué ! Vous faites comment pour garder autant la forme ! Il faudra me donner tous vos secrets ! ». Tout cela sonnait faux dans sa tête. Elle ne savait quoi leur dire. Elle finit par s'endormir, emportée par la fatigue…

Le lendemain matin, elle sentit deux mains la secouer,

accompagnées d'une voix familière. En plein rêve romantique, elle fut presque en colère d'être ainsi interrompue dans un moment si agréable. Elle ouvrit les yeux et vit sa grand-mère lui faisant prendre conscience qu'il était déjà onze heures. C'était la première fois depuis bien longtemps qu'elle se levait si tard. Ses parents devaient arriver d'une minute à l'autre. Elle sauta sous la douche, prit ensuite la première tenue qui lui tomba sous la main et se rendit à la cuisine pour se servir une tasse de café. Elle avait à peine bu la première gorgée de son café que la sonnerie de la porte d'entrée retentit dans la maison. Elle remarqua alors en panique qu'elle avait enfilé un jean taché, un vieux haut de sport troué, le tout accompagné de crocs rose fushia. Non seulement elle n'avait pas le temps de se changer, mais en plus sa grand-mère qui se trouvait à l'étage lui demanda d'accueillir les invités.

Ne pouvant échapper à cela, elle se dirigea vers la porte d'entrée, l'ouvrit et accueillit ses parents suivis de sa sœur. Elle croyait s'être imaginé les pires scénarios, elle en était loin. L'homme qui les accompagnait n'était autre que son ex-petit ami…

Un silence profond planait autour de ces cinq personnes, avant que les yeux d'Alice ne tombent sur le ventre rond de sa sœur Camille.

Mima arriva et mit fin au silence qui régnait en disant :

— Bon vous n'allez quand même pas rester ici, entrez ! La fête se passe à l'intérieur.

Rosa avait toujours le don pour dédramatiser une situation, amener de la joie là où il n'y en avait pas, mettre fin à un malaise insoutenable. Alice était clairement rassurée d'avoir la présence de sa grand-mère.

Les liens commençaient à se faire dans sa tête. « Ma sœur

accompagnée de mon ex avec qui je suis restée trois ans. Son ventre rond n'est certainement pas une crise d'aérophagie donc annonce inévitablement une grossesse. Mes parents accompagnés d'Alban se fichent royalement de l'importance qu'il avait pour moi. Ce week-end s'annonce encore pire que ce que je pensais ».

Ils commençaient par installer leurs valises dans les chambres d'invités. Camille demanda à Alice si elle voulait bien lui prêter sa chambre qu'elle jugeait la plus confortable, pour la vue sur le jardin qu'elle lui offrait. Alice bouillait intérieurement. Mima intervint en disant : « Alice t'aurait laissé sa chambre avec plaisir ma chérie mais je n'ai plus de draps de rechange, je les ai tous utilisés pour votre venue. » Personne ne croyait à son histoire mais au moins, Alice pouvait garder son endroit à elle. Camille tiqua et prit la chambre que ses parents occupaient habituellement. « Désolée d'être embêtante mais il faut que je sois à l'aise, je suis enceinte de six mois. »

Alban restait silencieux et évitait le regard d'Alice qui ne comprenait toujours pas comment il avait pu en arriver là.

***

Alice l'avait rencontré lorsqu'elle avait vingt-deux ans. Il avait été son premier grand amour. Leur relation avait duré plusieurs années. Avant lui, elle n'avait vécu que des aventures de quelques semaines, voire quelques jours.

Leur rencontre fut un pur hasard. Alice s'était rendue dans un café où elle remplissait des CV et des lettres de motivations pour trouver un emploi.

Lorsque Alban vint à sa table pour prendre sa commande, elle s'était perdue dans son regard et n'eut pas les mots pour répondre à sa question plutôt banale. Il lui avait souri avant de lui reposer la question différemment : « thé, café, ou peut être un rendez-vous avec moi ? ». Alice s'était mise à rougir avant d'échanger un sourire plus soutenu. Elle finit par commander le thé et le rendez-vous.

Ils s'étaient promenés dans Paris après la fin du service d'Alban. Il travaillait dans ce café pour financer ses études d'art dramatique. Il était passionné de théâtre et rêvait d'en faire son métier. Il avait quitté Lille, sa ville natale pour conquérir Paris afin de se donner les chances de percer dans ce métier. Il parlait avec passion, on pouvait voir de suite qu'il était artiste dans l'âme. Il avait une élocution nette, claire, parlait avec des mots justes et avait une posture élégante, se tenait parfaitement droit, tel un gentleman. Alice était totalement sous le charme. Elle se sentit toute petite lorsqu'il lui demanda ce qu'elle faisait dans la vie.

Elle joua franc jeu en lui disant qu'elle cherchait un boulot pour atteindre, elle aussi un autre rêve, écrire. Elle n'avait pas encore le thème ni l'histoire mais elle savait qu'un jour, elle écrirait un roman parce qu'elle était convaincue que c'est ce qu'elle faisait de mieux.

Ils discutèrent jusque tard dans la nuit et finirent chez Alice où ils échangèrent leur premier baiser. Une belle histoire d'amour était née. Au bout d'un mois, ils décidaient d'emménager ensemble pour partager les frais mais surtout pour passer tout leur temps disponible tous les deux. Alice venait voir Alban lors de ses prestations. Sur scène, il se mettait dans la peau de ses personnages, au point qu'elle ne le reconnaissait pas. Il pouvait jouer tout type de rôles, passant par l'homme le plus drôle, le psychopathe, le dépressif, le peureux, le narcissique… Il était talentueux, brillant, captivant l'attention de tout son public. Alice croyait en lui, il n'y avait aucun doute qu'il percerait et atteindrait son rêve.

Lorsqu'elle décida de le présenter à ses parents à la demande d'Alban, il misa sur son apparence et mit un costard, ce qui la fit éclater de rire. Il lui avait répondu qu'il sortait son costume fétiche pour les occasions spéciales, ce qui lui avait valu un long baiser.

La rencontre avec ses parents avait été à la hauteur de l'estime qu'ils avaient pour leur fille. Jugeant le métier d'Alban peu sérieux, le prenant pour un doux rêveur, ils avaient montré peu de considération pour lui, le dévisageant et le questionnant pour le mettre mal à l'aise. Alice avait fini par mettre un terme au repas en leur conseillant d'apprendre à connaître les gens pour ce qu'ils étaient et non par ce qu'ils faisaient dans la vie. Camille, qui se trouvait là, indiqua à Alice qu'elle devait le respect à leurs parents et qu'elle n'avait pas le droit de hausser le ton avec eux. Elle lui demanda de sortir. Alice s'exécuta, entraînant Alban avec elle avant de claquer la porte.

Alban avait essayé de dédramatiser la situation mais Alice ressentait une énorme rancœur envers sa famille qui avait manqué de respect à celui qu'elle aimait le plus au monde.

Après trois ans de relation, Alban qui rêvait de plus grand avait décidé de quitter la France pour s'installer à New York. Un producteur qui l'avait repéré lors d'une représentation lui offrait l'opportunité d'intégrer sa troupe de comédiens pendant un an. Il ne pouvait pas refuser… Lorsqu'il en parla à Alice, elle parut plutôt emballée à l'idée de le suivre. Mais au moment de partir, elle se rétracta. Elle ne pouvait pas lui demander de rester même si elle en mourait d'envie. La vérité, c'est qu'Alice avait peur. Elle venait enfin de décrocher un CDI à temps complet, avait trouvé un bel appartement au cœur de

Paris pour un loyer qui rentrait dans son budget. Elle ne voulait pas tout laisser sur un coup de tête, elle aimait sa vie. Elle ne pouvait pas non plus lui demander de rester même si elle en mourait d'envie. Elle fit le choix de rester à Paris, en disant à son petit ami qu'un an ce n'était pas si long et qu'elle l'attendrait…

Après le départ d'Alban, Alice réalisa qu'elle n'avait jamais aimé autant la vie qu'avec lui. Tout lui paraissait terne sans son bien aimé. Se lever seule, prendre ses repas seule, se rendre au théâtre sans le voir jouer n'avait plus aucun intérêt. Rentrer dans cet appartement vide n'avait plus de sens.

Alice ressentit durant de nombreux mois une tristesse profonde. Et elle découvrait à travers les réseaux sociaux qu'Alban, lui, vivait sa meilleure vie. Il était joyeux, brillait sur scène, faisait la fête. Il s'épanouissait et n'avait jamais autant rayonné.

Une année s'était presque écoulée. Alice commençait à se réjouir du retour d'Alban, jusqu'à ce jour où, lors d'un de leurs échanges en visio, il lui fit part d'un projet encore plus ambitieux. Son producteur était de plus en plus sollicité. Sa comédie avait remporté un énorme succès à New York et on lui proposait un contrat de 3 ans pour une tournée internationale. Le producteur attendait la réponse d'Alban. Alice comprit qu'il ne lui demandait pas son approbation et il savait pertinemment que sa décision aurait des conséquences sur la poursuite de leur relation.

Elle fit mine de se réjouir pour lui, sans rien laisser paraître de son désarroi. Elle lui dit que c'était une nouvelle formidable et à quel point elle était heureuse et fière de lui, qu'elle lui souhaitait le meilleur. Et sans lui laisser le temps de placer un mot, prétextant une mauvaise connexion, elle coupa net la communication et replia d'un geste vif l'écran de son ordinateur.

Dans un élan de désespoir, elle s'effondra sur son lit et se mit à verser toutes les larmes de son corps…

***

La situation était très étrange. L'ambiance qui régnait autour de la table soigneusement préparée par Rosa était surréaliste.

Alice n'en revenait pas de ce que sa sœur venait d'annoncer : elle était invitée au mariage de Camille et d'Alban qui aurait lieu dans quelques mois. Alice était stupéfaite. Camille était belle, sportive, intelligente et extrêmement brillante. Tous les hommes de la terre étaient à ses pieds, mais qui allait-elle prendre comme époux ?! Le seul et unique garçon qui avait compté pour elle.

Le père d'Alice prit la parole en s'adressant à elle directement :

— Alors ton livre, ça en est où ?

Alice ne voulait certainement pas se ridiculiser devant toute la famille et souhaitait leur cacher la vérité pour ne pas les réjouir de trop.

— Eh bien, ça avance. Pour tout vous dire, j'ai terminé de l'écrire et j'ai eu plusieurs réponses positives de plusieurs éditeurs. En fait, je n'ai que l'embarras du choix !

Sa grand-mère fixa Alice d'un regard surpris mais néanmoins empreint de tendresse, dans lequel sa petite fille n'eut pas de mal à lirc : « Alice, ce n'est pas beau de mentir ».

Comme tout le monde regardait Alice d'un air stupéfait, elle décida de peaufiner fièrement ce mensonge :

— J'ai rencontré deux éditeurs qui ont eu à peu près le même ressenti. Ils m'ont dit que j'avais une plume particulière, atypique. D'après eux, mon roman est prometteur et il pourrait se retrouver en tête des ventes d'ici la prochaine rentrée littéraire.

— Super Alice ! Jamais je n'aurais pensé que tu y serais arrivée, répondit Camille. Tu aurais un exemplaire s'il te plait ? S'il est si prometteur, j'aimerais évidemment être une de tes premières lectrices ! En plus, on peut dire que j'ai le temps en ce moment, dit-elle tout en se caressant le ventre.

Embarrassée, Alice devait trouver rapidement une excuse pour ne pas faire lire son livre. Et si sa sœur le trouvait mauvais ? Mis à part Mima, personne d'autre ne l'avait lu.

— Non désolée, cela aurait été avec plaisir mais j'aimerais attendre que la correction soit faite. Vous savez, je suis devenue perfectionniste en écrivant ce roman. J'aimerais que vous puissiez le lire sans aucune faute d'orthographe.

Après quoi, sa mère lui demandait de quelles maisons d'édition il s'agissait ? Alice n'arrivait pas à percevoir si sa question venait d'une simple curiosité ou si c'était parce qu'elle doutait de ses propos. Alban vit le visage d'Alice se décomposer et décida d'interrompre l'interrogatoire. Il n'avait rien perdu de ses talents de comédien et en l'espace d'une seconde il réussit à captiver l'attention des convives en brandissant bien haut, tel un trésor, la bouteille de vin qu'il avait rapportée, vantant son excellente qualité. « Allons, réjouissons-nous de ces belles nouvelles ! » dit-il. L'ambiance tourna à la fête, le repas pouvait enfin commencer. Alice, elle, n'était pas d'humeur festive et ne pouvait s'empêcher de dévisager son ex-petit ami…

Bastien

Dans une clinique des plus renommées de Suisse, Bastien était assis entre ses parents face au médecin. Ils attendaient le feu vert pour commencer la chimiothérapie.

L'oncologue expliqua que le traitement durerait entre six mois et deux ans. Il leur remit un calendrier récapitulant le lieu et les dates des séances. Il ne leur cacha pas que le traitement serait lourd et éprouvant et que Bastien aurait besoin de beaucoup de repos entre chaque séance.

Bastien écouta le médecin d'une oreille distraite et le coupa pour lui demander :

— Est-ce que je vais perdre mes cheveux ?

— En effet. Lors de la deuxième séance de chimiothérapie, la perte de cheveux est inévitable. Si vous le souhaitez, vous pourrez consulter dans notre établissement des conseillères en image qui vous aideront à choisir une perruque qui correspond à votre identité. Nous savons que cette étape est redoutable. Que les traitements mettent le physique à rude épreuve : perte des cheveux, cils, sourcils, perte de poids aussi… Je ne vous cache pas que vous allez passer par des moments difficiles. Cependant, vous allez être suivis par notre équipe de psychologues. N'hésitez pas à leur confier toutes vos craintes et difficultés. Et sachez que dans votre cas, le taux de guérison est très encourageant (…)

Bastien n'écoutait plus le médecin. Il n'avait jamais vraiment porté d'attention à son physique mais depuis quelque temps, il s'était laissé pousser les cheveux pour que sa mèche retombe sur ses yeux. Ses coups de tête pour remettre en forme sa chevelure agaçaient sérieusement sa mère, cela était presque devenu un tic. Il s'intéressait de plus en plus à la mode en adoptant des tenues de skaters, influencé par la marque Vans qu'il affectionnait particulièrement puisqu'elle rentrait dans les codes vestimentaires de ses camarades les plus branchés.

De retour à la maison, l'adolescent s'était enfermé dans la salle de bain pour y passer un certain temps. Ses parents étaient dévastés et ne savaient pas quel comportement adopter. Devaient-ils être consolants ? Le laisser tranquille ? Comment être présent au mieux pour leur fils sans l'étouffer pour autant ? Comment cacher leur tristesse pour ne pas se morfondre face à lui ? Beaucoup de questions restaient en suspens dans l'esprit de ces parents déboussolés par la maladie.

Bastien sortit enfin de la salle de bain, provoquant un choc dans la pièce. Il s'était rasé les cheveux et les sourcils. Son visage n'était plus le même, il était à peine reconnaissable. Si jusqu'à maintenant, sa maladie n'avait pas encore été visible, elle l'était à présent.

Bastien avait un air sûr de lui, prêt à affronter le monde. Il s'adressa à ses parents, paraissant fort, plein de maturité :

— Maintenant, je suis prêt. Je ne vais pas attendre que le cancer m'atteigne, je vais le combattre. Ne vous inquiétez pas, je suis assez fort et j'ai plein d'armes secrètes pour l'affronter.

Les parents de Bastien ne purent contenir leur émotion face au courage de leur fils et se trouvèrent incapables de retenir leurs larmes.

Bastien les regardait, d'un air rassurant, sans montrer aucune tristesse dans son regard.

— J'ai juste une faveur à vous demander.

— Tout ce que tu veux mon chéri, répondit sa mère.

— Je ne veux pas me faire soigner à la clinique mais à l'hôpital.

Ses parents se regardèrent à travers leurs larmes, curieux par cette demande. Désespérés, ils avaient sélectionné le meilleur établissement avec des professionnels renommés pour prodiguer les soins à leur fils.

Bien qu'en désaccord avec le choix de Bastien, ils comprirent à ce moment qu'il était inutile de s'opposer à lui.

Son balancement de tête pour relever sa mèche sur son front n'avait jamais autant manqué à sa mère…

***

La date du premier séjour à l'hôpital arriva. Bastien prépara lui-même sa valise. Il y mit quelques vêtements, sa switch, ses écouteurs et des confiseries au cas où la nourriture serait infecte.

Lorsqu'il arriva, les aides-soignantes et les infirmières l'aidèrent à s'installer dans sa chambre et lui expliquèrent comment allait se dérouler son séjour. Il apprécia la douceur et la gentillesse de ces soignantes.

Il avait le droit de se promener dans l'hôpital mais uniquement dans le service dans lequel il se trouvait et dans la salle de convivialité où les patients pouvaient passer du temps avec leur famille. Ses parents auraient voulu rester avec lui plus longtemps mais leur fils s'était muré dans le silence et répondait de façon évasive lorsqu'ils le questionnaient. Ils comprirent qu'il voulait se retrouver seul. Laisser leur fils dans cet hôpital était un déchirement. Ils respectèrent son besoin de solitude et quittèrent leur fils après lui avoir confié des mots encourageants et rassurants. Dès qu'ils furent hors de vue et de portée de voix de Bastien, Aline s'arrêta au milieu de ce long couloir d'hôpital, se tourna vers son mari et éclata en sanglots dans ses bras. Daniel enlaça sa femme, serra sa tête tendrement contre sa poitrine pour la consoler. Il leva la tête au ciel, pour essayer de faire rebrousser chemin aux larmes qui avaient inondé ses yeux…

Il reçut des dizaines de messages de ses amis mais ne répondit à aucun d'entre eux. Il ne voyait que de la pitié dans leurs attentions, ce qui ne l'aidait pas.

Dès que ses parents furent partis, Bastien sortit de sa chambre en sachant exactement où il voulait aller. Lorsqu'il arriva à l'entrée de la salle de convivialité, son visage s'illumina. Cette fille qu'il avait croisée lors de son admission en urgence suite à ses malaises était là. Elle se retourna quand il entra dans la pièce et lui adressa un large sourire, le même que la première fois où ils s'étaient vus et cela malgré la nouvelle apparence physique de Bastien.

Elle s'appelait Élisa et avait quatorze ans. Sa mère, Elena, était atteinte du cancer du sein depuis un an. Sa maladie avait méchamment évolué sur ces derniers mois et les traitements nécessitaient des séjours à l'hôpital plus nombreux et plus longs. Avant son arrêt de travail pour longue maladie, Elena avait exercé la profession de puéricultrice dans ce même hôpital. Elisa parlait de sa mère avec fierté et admiration et beaucoup de tendresse aussi. Elle disait que sa maman était une bonne fée qui prenait soin des enfants.

Bastien écoutait attentivement Élisa, qui lui avait plu dès le premier regard. Elle était brune aux yeux vert clair, il la trouvait vraiment jolie. C'était la première fois qu'il ressentait un tel sentiment pour quelqu'un. Bastien était triste pour la maman d'Élisa. Il imaginait qu'elle pouvait être la sienne avant d'effacer immédiatement cette image de sa tête. Il préférait mille fois être malade à la place de sa mère. Il se trouvait même chanceux par rapport à Elisa. Il s'était mis dans la tête que le cancer s'introduisait que chez les gens qui avaient les capacités à affronter cette maladie. Les personnes vulnérables y échapperaient donc. Il fit part de sa réflexion à Elisa qui acquiesça, elle était d'accord avec cette idée.

Ils furent interrompus par le père et le frère de la jeune fille qui souhaitaient rentrer et laisser Elena se reposer. Élisa demanda à Bastien s'il serait là le lendemain, lui annonçant qu'elle reviendrait après l'école. Il était plus que ravi et se réjouissait déjà des retrouvailles du lendemain.

Comme il s'en était douté, le repas du soir ne fut pas du tout du goût de Bastien. Il préféra à la place, un paquet de confiseries. En grignotant ses cacahuètes enrobées de chocolat et de glaçages sucrés multicolores, il pensa à sa mère. Si elle avait été là, elle l'aurait obligé à avaler son plat de haricot-purée auquel il n'avait pas touché. Il fallait bien trouver des côtés positifs à ce séjour sans ses parents…

Le lendemain matin, Bastien se réveilla fatigué. Il avait eu du mal à s'endormir dans ce petit lit inconfortable. Il faut dire que chez lui il dormait dans un lit haut de gamme de deux mètres sur deux… Mais ce n'était pas la seule raison. Toute la nuit, son sommeil avait été perturbé par des cris de douleurs, des bruits de sonnettes, des discussions de soignantes échangées dans le couloir…

Son sommeil avait donc été compromis.

Le médecin passa dans sa chambre en début de matinée. Il ausculta Bastien rapidement et l'informa que sa première séance de chimiothérapie se passerait dans l'après-midi. Elle aurait lieu plus tôt que prévu car ses résultats d'analyses le permettaient et une place s'était libérée. Ce changement de programme le contraria. Son rendez-vous de fin de journée avec Elisa semblait compromis. Le docteur le rassura en lui disant que vers dix-huit heures, il serait dans sa chambre.

Le médecin avait dit vrai. Bastien était bien dans sa chambre à l'horaire annoncé. Cependant, lorsqu'on lui avait expliqué qu'il serait très fatigué, il n'aurait jamais pensé que ce serait au point de ne pas pouvoir ouvrir les yeux, de ne pas pouvoir marcher, d'être littéralement cloué au lit. Il n'avait jamais ressenti une fatigue aussi intense. Il n'avait même plus la force de penser à son rendez-vous avec Elisa…

Alice

Le lendemain matin, Alice se réveilla avant tout le monde. Lorsqu'elle se leva, tous dans la maison dormaient, à une exception près.

En sortant de la salle de bain, elle tomba nez à nez avec Alban. Elle lui planta dans les yeux un long regard accusateur, le bouscula pour dégager le passage et quitta les lieux sans un mot. Alban lui enfila le pas et la saisit par le poignet.

— Alice, il faut qu'on parle, dit-il tout bas.

— Je n'ai rien à te dire ! répondit-elle dans un chuchotement empreint de colère.

— S'il te plait, j'ai vraiment besoin qu'on ait une conversation.

Elle le regarda avec un air furieux avant de lui dire :

— Viens, on va dehors avant de réveiller tout le monde !

Lorsqu'ils se retrouvèrent dans le jardin, Alice croisa ses bras avant de le regarder dans les yeux en s'exprimant :

— Alors qu'as-tu à me dire de si important ?

— Alban, embarrassé ne savait pas par où commencer.

— Écoute Alice, je sais que la situation est très gênante, inimaginable même et je pense que tu es profondément déçue mais il faut que tu m'écoutes. Tu sais après que tu as rompu, tout a été très compliqué pour moi. Je croyais que ma carrière était plus importante que tout mais je m'étais trompé. C'est après de longues années loin de toi que j'ai compris que tu m'étais indispensable. Cela fait maintenant sept ans que notre séparation a eu lieu mais les années passées avec toi restent les plus merveilleuses de ma vie.

— Tu te rends compte de ce que tu es en train de me dire alors que tu vas avoir un gosse avec ma sœur ? Un gosse avec ma sœur ! Mon dieu, je ne réalise toujours pas.

— Je sais Alice mais laisse-moi finir s'il te plait, dit-il d'un air chamboulé. Il y a un an, je suis revenu sur Paris dans l'espoir de te retrouver. Je t'ai recherchée sur les réseaux sociaux, tu n'y étais plus, tu avais changé de numéro de téléphone et je ne connaissais pas le nom de famille de tes amis. Les seuls qui pouvaient me renseigner étaient tes parents dont je me souvenais encore de l'adresse. Je suis donc allé les voir et à ma grande surprise j'ai été bien accueilli. Ils m'ont expliqué que tu avais tout plaqué sur un coup de tête en lien avec ta dépression.

— Ma quoi ? Ils sont sérieux ? Ils t'ont dit que j'étais en dépression ?

— Oui, répondit-il en baissant les yeux.

— OK, dit-elle prenant le temps de marquer un silence. Bon en même temps venant d'eux ce n'est pas très étonnant…

— J'étais complètement dévasté face à ce qu'ils venaient de m'annoncer. Toi en dépression, à des kilomètres de moi. Je me disais que si je n'étais pas parti, peut être que tout aurait été différent, que nous serions heureux. Peut-être mariés, dit-il en souriant.

— Que s'est-il passé ensuite ? reprit fermement Alice.

— Tes parents m'ont invité à dîner, ta sœur était présente ce jour-là. Ils avaient tous l'air ravis d'avoir un invité, c'était comme un jour festif. J'étais très étonné, j'avais l'impression de faire partie de la famille. Ton père a sorti une bouteille de Whisky d'âge ancien. Je n'ai pas osé refuser le premier ni le deuxième. Puis il a sorti un des meilleurs vins de sa cave et on a bu toute la bouteille à deux. J'étais complètement saoul, lorsque je me suis levé de table, je tenais à peine debout. Ta mère m'a alors préparé une chambre. Je me suis affalé sur le lit avec un terrible mal de tête. Lorsque je me suis réveillé le lendemain matin, ta sœur était blottie nue contre moi. J'étais complètement paniqué, ne me rappelant absolument rien de ce qui s'était passé. Elle s'est mise à pleurer quand je lui ai demandé pourquoi elle était dévêtue dans ce lit avec moi, elle était inconsolable voyant que j'étais dans le déni. J'ai pris rapidement mes affaires pour partir au plus vite et quitter la maison de tes parents. Environ un mois et demi après, ta sœur m'a retrouvé via les réseaux sociaux. Elle m'a écrit en me disant qu'elle devait à tout prix m'annoncer quelque chose. J'ai pensé forcément que ce qu'elle avait à me dire te concernait. Je m'étais trompé. Elle est arrivée en me parlant de ce qui s'était passé chez tes parents. N'ayant aucun souvenir, je voulais à tout prix effacer de ma mémoire ce moment vécu comme un cauchemar. Elle a commencé à me parler de nous et j'ai interrompu notre conversation en me levant pour repartir, lui disant qu'il n'y avait pas de nous et qu'il n'y en aurait jamais. C'est alors qu'elle a sorti un test de grossesse, me montrant qu'il était positif. Tout à coup, j'ai compris que j'allais être père et que la mère de mon futur enfant était une femme que j'avais toujours considérée et que je considérais encore comme ma potentielle belle-sœur… Suite à cela, on s'est vu plusieurs fois, je l'ai supplié d'interrompre cette grossesse. Je ne voulais pas de cet enfant mais je ne pouvais pas non plus me dédouaner de mes responsabilités. Je n'ai plus l'âge pour cela, je ne pouvais qu'assumer.

Alice écoutait attentivement Alban, les larmes aux yeux. Elle comprenait à travers le discours de son ancien petit ami qu'il n'était que victime de cette terrible situation.

Alban poursuivit.

— Depuis, j'ai dû emménager avec elle. Nous n'avons pas de rapports de couple si ce n'est qu'on partage un compte commun qu'elle a voulu à tout prix ouvrir, soi-disant que c'était plus serein. Je ne suis plus un homme libre. Le seul moment où je me sens proche d'elle finalement, c'est lorsque les discussions s'orientent sur toi. J'ai toujours désiré être père mais jamais je n'aurais pu imaginer que ça puisse se passer ainsi.

— Mais Alban, tu aurais pu partir. Tu en aurais eu le droit non ?

— Non je ne pouvais pas. Comment aurais-tu réagi si ta sœur t'avait rapporté que je l'avais mise enceinte pour m'enfuir après ? Et puis tout est allé très vite, au début de sa grossesse, elle a eu quelques complications et j'ai eu beaucoup d'empathie.

Alice eut un silence compatissant.

— Je suis désolée de ce qu'il t'arrive. Mes parents, comment ont-ils réagi ?

— Au début, ils étaient surpris car ils ne savaient même pas qu'il y avait une histoire entre nous, tout comme moi d'ailleurs… Ta sœur leur a fait croire que nous avions eu un coup de foudre et aussi surprenant que cela puisse paraître, ta mère l'a prise dans ses bras d'un air ravi.

Alice n'en revenait pas. Comment pouvaient-ils se réjouir de la situation pour sa sœur alors que si ça avait été elle, cela aurait été perçu comme une catastrophe, elle aurait encore été la risée de la famille.

— Qu'as-tu fait de tes rêves Alban ? Regarde comme tu es habillé, lui dit-elle en souriant. Qu'as-tu fait de ton look qui t'allait si bien ? Tu es fringué comme un tennisman blindé aux as !

Alban sourit, gêné.

— Tu n'aimes pas mon nouveau style ? J'essaie de m'accorder à mon nouvel emploi. Ton père, grâce à ses relations, m'a trouvé une place à la mairie de leur commune. Je m'occupe des animations de toute la partie culturelle.

— Et ça te plait ?

— On va dire que c'est plutôt bien payé et que je mets du cœur dans ce que j'organise mais je n'ai pas forcément d'affinités avec ce métier. Ce n'est pas ce qui me motive dans la vie. Mais c'est ainsi… Et toi, que fais-tu vraiment ici ?

— Eh bien écoute, je suis vraiment surprise que mes parents ne t'aient pas parlé des vraies raisons de mon départ de Paris… Je suis partie il y a un an pour écrire le roman dont je t'avais parlé.

— Vraiment ? Alors là je suis surpris et fier de toi que tu aies enfin eu le cran de faire ça. Lorsque ton père en a parlé hier, je ne pensais pas que c'était la raison de ta venue ici. Donc tu as abandonné ta vie à Paris pour écrire ?

— Si c'était si simple… Je reviens bientôt. J'ai pris un an de congé sabbatique qui prendra fin dans quelques semaines.

— Je trouve ça très drôle que tu aies tout arrêté pour vivre ton rêve au même moment où j'ai interrompu le mien pour me retourner vers une vie plus « normale », enfin si on peut dire…

Tous les deux se regardèrent en souriant. Ils ne se quittaient pas des yeux, au moment où Mima arriva vers eux.

— Alors vous avez bien dormi les jeunes ? Dis voir Alban, on ne s'est pas déjà rencontrés quelque part, ton visage me dit quelque chose ?

Les deux jeunes se mirent à rire. En effet, Rosa avait bien rencontré Alban quelques années auparavant. Sa mémoire lui jouait quelques tours depuis quelque temps, même si sa tête fonctionnait encore très bien.

Les autres membres de la famille les rejoignirent pour prendre le petit déjeuner ensemble. Alice revivait sa conversation avec Alban et n'en revenait pas. Elle n'avait jamais détesté personne mais ressentait une haine profonde envers Camille. Cette dernière savait à quel point elle avait été amoureuse et avait souffert de cette rupture. Sa sœur lui avait même dit à plusieurs reprises que ce n'était pas la peine de se mettre dans des états comme ça pour un garçon. Elle se demandait si elle aimait vraiment Alban ou si c'était encore une manigance pour lui ruiner sa vie, mais à y réfléchir, ce serait vraiment tiré par les cheveux…

***

Rosa secouait sa petite fille mais n'arrivait pas à la réveiller.

— Alice ! Alice réveille-toi.

Rosa prit une bouteille d'eau qui se trouvait sur la table de nuit d'Alice et la versa sur le visage de sa petite fille inerte dans son lit.

Tout à coup, Alice se redressa dans son lit, comme si elle sortait la tête de l'eau après une longue immersion.

— Mais qu'est-ce qui se passe ? Elle regardait mima l'air hagard.

— Je m'inquiétais ma petite fille ! Cela fait cinq minutes que j'essaie de te réveiller. Ils vont arriver d'une minute à l'autre dépêches toi de te lever !

Il fallut plusieurs minutes à Alice pour recouvrer ses esprits et sortir du cauchemar dans lequel elle avait passé la nuit. Même le réveil vigoureux de Mima n'était pas parvenu à lui faire reprendre totalement conscience. Elle était chamboulée par cette présence si réelle d'Alban et abattue par la trahison de sa sœur, même si elle était en train de réaliser que ce n'était qu'un mauvais rêvé.

Alice enfila une robe rapidement, se coiffa légèrement. Elle n'avait plus le temps de se maquiller.

Elle courut vers sa grand-mère qui avait déjà accueilli sa famille.

Lorsqu'elle se retrouva sur le pas de la porte d'entrée, une sensation de déjà-vu l'envahit…

Sa sœur était effectivement accompagnée… D'une charmante jeune femme…

Spontanément et à la grande surprise de tout le monde, Alice prit Camille dans ses bras…

Bastien

Voilà presque quatre mois que Bastien s'était habitué aux allées et venues entre la maison et l'hôpital. Le bilan de ces premiers mois était encourageant et laissait une grande place à l'espoir. Le traitement fonctionnait plutôt bien, la maladie avait arrêté d'évoluer. Le jeune homme se battait comme un lion contre la maladie et commençait à se voir en héros. Il était devenu en tous cas celui d'Elisa avec qui il avait échangé son premier baiser deux mois auparavant. Son premier amour lui donnait la force d'aller de l'avant, de penser au futur. Ils passaient leurs après-midi ensemble lorsqu'elle se rendait à l'hôpital et il venait même la voir lorsqu'il n'y séjournait pas. Il se voyait la demander en mariage dans quelques années. Depuis que Bastien savait que la mort pouvait arriver à tout moment, sa vision du monde avait changé. Il voulait se dépêcher de vivre.

La maman d'Élisa appréciait beaucoup Bastien et c'était réciproque. Ils passaient du temps ensemble même lorsqu'Elisa n'était pas présente. Ils vivaient la même chose, combattaient le même mal. Forcément, cela les rapprochait beaucoup et Elena ne pouvait s'empêcher de s'inquiéter pour sa fille et parfois même se sentir coupable. Elle était consciente de la rude épreuve que traversait Elisa. Elle se disait qu'avoir à la fois une mère et un amoureux malade était un fardeau beaucoup trop lourd pour une enfant de quatorze ans. Et pourtant, Elena pensait que sa fille, malgré son jeune âge, avait un don pour entrer en connexion avec l'âme des gens et se sentir immédiatement en empathie avec les êtres en souffrance. Elena ne pouvait qu'être fière de celle qu'elle avait mise au monde.

***

Bastien reçut sa dernière séance de chimiothérapie qui le fatigua beaucoup. Lorsqu'il se réveilla, sa première motivation fut de retrouver son amoureuse. Il était encore tôt et savait qu'elle n'était pas encore arrivée. Il vérifia lorsqu'il sortit de son lit que ses jambes pouvaient supporter son poids et marcha lentement vers le couloir. L'effort se révéla difficile, mais il s'était habitué à ces symptômes. Une infirmière qui passait lui demanda ce qu'il faisait debout alors qu'il n'en avait pas l'autorisation mais ce dernier ne l'écouta pas, interpellé par une image qui le contraria. Au bout du couloir, il vit le père d'Élisa s'écroulant par terre avec le médecin face à lui. Il comprit aussitôt qu'une situation anormale se produisait. Bastien demanda des nouvelles d'Elena à l'infirmière. Cette dernière le regarda longuement avec un air attristé.

— Je suis désolée Bastien, je sais que tu l'aimais beaucoup. Tu sais, elle n'allait vraiment pas bien ces derniers jours.

Il ne la laissa pas finir sa phrase, refusant la vérité. L'infirmière le prit dans ses bras. Il ne pleura pas, il n'en avait pas la force mais ressentit une immense colère envers la vie qu'il trouvait profondément injuste.

Après le décès d'Elena, Bastien reçut de moins en moins de

nouvelles d'Elisa. Elle ne voulait plus venir à l'hôpital. L'endroit lui rappelait trop sa mère dans ses derniers jours.

Un après-midi, elle vint voir Bastien à l'hôpital avec un cadeau qu'elle avait soigneusement emballé. Elle lui demanda de l'ouvrir lorsqu'elle serait partie. Il la remercia, il était tellement ravi de la voir. Pourtant, il sentait qu'elle allait lui annoncer une mauvaise nouvelle.

— Je m'en vais Bastien. Mon père souhaite que l'on déménage. Nous allons quitter la Suisse pour habiter en France, ma tante et mon oncle vont nous accueillir le temps de retrouver un logement…

Pour Bastien, ces paroles eurent l'effet d'un coup de couteau en plein cœur. Lui qui d'habitude savait si bien cacher ses sentiments, ne chercha pas à retenir ses larmes. Depuis le début de son traitement, la source de sa motivation pour combattre la maladie était Elisa. C'est pour la retrouver qu'il avait souhaité se faire soigner dans cet hôpital public plutôt que dans une des meilleures cliniques du pays.

Élisa essuya les larmes de Bastien en lui expliquant que son père ne supportait plus de vivre à Genève. Il voyait sa mère partout, il en devenait fou. Elle et son frère n'avaient pu faire leur deuil, trop occupés à soutenir leur père qui sombrait dans la dépression. Élisa ne pleurait pas, comme si elle n'avait plus assez de larmes pour échapper sa tristesse. Elle promit à Bastien de lui écrire. Elle l'embrassa sur la joue, le regarda longtemps dans les yeux comme pour capturer cet instant et le graver dans sa mémoire, puis elle partit.

Bastien resta sur son lit, sachant qu'il ne pouvait rien faire d'autre. À présent, il était malade et seul.

Il prit le cadeau de celle qu'il aimait tant, prit le temps de regarder le paquet, se demandant ce qu'il pouvait bien contenir.

Il l'ouvrit et découvrit un cadre avec une photo d'Élisa entourée de sa maman et de Bastien. Il s'agissait d'une photo que Nathan, le frère de la jeune fille avait prise lors de l'anniversaire d'Elena. Ils avaient des sourires rayonnants.

Bien qu'il se détestait en photo et particulièrement sur celle-ci qui révélait ses transformations physiques, cette photo devint malgré tout sa préférée. Il la serra fort contre lui avant de découvrir le petit mot inscrit derrière le cadre « Aux deux personnes que j'aime le plus au monde ».

Bastien se mit à pleurer de plus belle. C'était le dernier anniversaire d'Elena…

***

Après le départ d'Élisa, l'état de santé de Bastien se dégrada. Les résultats d'analyses qui s'étaient améliorés de semaine en semaine depuis le début du traitement donnaient maintenant des signes inquiétants. La force et la combattivité de Bastien s'étaient envolées du jour au lendemain au grand désespoir de l'équipe médicale et de ses parents avec qui les relations étaient devenues conflictuelles. Le jeune homme s'était endurci et se terrait dans la solitude. On aurait pu mettre ces comportements sur le compte de la crise d'adolescence, mais tout le monde savait bien qu'il ne s'agissait pas de cela. Il était suivi régulièrement par un psychologue de l'hôpital mais ne s'impliquait que très peu lors des consultations. Il acceptait de s'entretenir avec le professionnel uniquement pour que ses parents lui fichent la paix. C'était comme si Bastien avait perdu toute raison de vivre…

Désormais, il se permettait de visiter les autres services, celui de l'oncologie lui minait le moral. Il refusait tout geste amical avec les patients de son service. Il ne voulait pus s'attacher à quiconque. Il estimait avoir suffisamment perdu d'amis durant ces derniers mois. La douleur l'avait rendu hautain et mal-aimable. C'était la carapace qu'il s'était fabriquée pour se protéger de la souffrance.

Il préférait voir des gens « normaux », même si dans la majorité des cas, ils le dévisageaient comme un extraterrestre. Il s'était habitué à la barrière que la maladie avait créée entre lui et les gens en bonne santé.

Lorsqu'il croisa le regard de cette fille un peu plus âgée que lui, il fut étonné de l'approche qu'elle eut avec lui. Elle ne l'avait pas regardé comme le faisaient tous les autres. C'était la première fois depuis longtemps qu'on le regardait comme quelqu'un d'ordinaire.

Elle s'appelait Emma et faisait le tour de l'Europe. Elle venait de terminer ses études et s'était concocté un voyage à vélo en solo. C'était d'ailleurs la raison pour laquelle elle se retrouvait dans cet hôpital. Elle s'était blessée au cours d'une chute qui l'avait obligée à interrompre momentanément son périple. Lorsqu'elle lui raconta son accident, il ne put s'empêcher de sourire intérieurement, l'imaginant sous son vélo, seule en train d'appeler « au secours ! ». Il la trouva très bavarde. Une vraie pipelette qui en oubliait de respirer pendant qu'elle racontait son histoire. Néanmoins, son récit l'impressionnait. Il écoutait attentivement cette jeune femme pleine de vie qui vivait son expérience avec passion. Cela lui faisait du bien d'entendre quelqu'un d'extérieur à l'hôpital, faisant des choses normales de la vie. Tout en l'écoutant, il se disait que s'il avait eu une grande sœur, il aurait aimé qu'elle ressemble à Emma. Elle dégageait la force de ceux qui se donnent les moyens de réaliser leurs rêves et Bastien perçut chez elle une grande humanité. Lorsqu'Emma lui dit « qu'est-ce que ça fait du bien de croiser quelqu'un de normal, j'en avais marre de tous ces soignants », Bastien fut profondément touché. Emma lui donna le sentiment d'avoir une identité autre que celle du malade qu'il avait endossée depuis le début de sa maladie. Il redevint tout à coup ce jeune homme charmant et doux, laissant ses faux airs s'envoler. Elle avait réussi à briser sa carapace en un rien de temps. Leur rencontre n'avait duré que quelques minutes mais une profonde connexion avait eu lieu entre eux. Sans doute à un moment où tous les deux en avaient besoin.

Emma ne posa aucune question à Bastien sur les raisons de sa présence dans cet hôpital mais avant de repartir, elle lui proposa un deal complètement fou auquel il ne s'attendait absolument pas : S'il parvenait à combattre sa maladie, elle lui offrirait son vélo. Au début il ne l'a pris pas du tout au sérieux, croyant à une blague il avait même ri. Cela ne lui était pas arrivé depuis si longtemps. Il ne crut pas du tout en ses belles paroles mais lorsqu'elle lui donna son numéro de téléphone et son pseudo sur ses réseaux sociaux, il se dit qu'elle ne plaisantait pas et que sa promesse était bien réelle.

Il se rendit alors compte qu'il n'était pas monté sur un vélo depuis des lustres. Amaigri, décharné même, il se demanda s'il aurait encore la force de pédaler un jour. Et puis un vélo !? Son père pouvait lui en acheter dix s'il le voulait ! Ce n'est pas l'argent qui manquait dans sa famille et son père le gâtait encore plus qu'avant sa maladie. Il ne lui refusait rien.

Malgré ces réflexions, il sentit que le défi d'Emma avait déclenché quelque chose en lui. Comme une impulsion, une envie, une « en vie », une pulsion de vie…

Avant de quitter l'hôpital, Emma lui lança un autre défi qui l'enthousiasma beaucoup moins celui-là... Celui de lire le roman qu'elle lui tendit. Il regarda le livre avec désintérêt. Bastien n'aimait pas la lecture. Il préférait de loin les écrans et les jeux vidéo. Mais les arguments d'Emma pour l'inciter à se plonger dans ce livre furent convaincants. Elle en fit une excellente critique. Il lui fit confiance et décida qu'il le lirait. Il pensa que ce serait une manière de poursuivre cette merveilleuse rencontre et d'en apprendre plus sur Emma.

***

À part les lectures obligatoires imposées par ses professeurs, Bastien n'avait, de lui-même, jamais lu aucun roman. Il dut ingérer une trentaine de pages avant de se mettre vraiment dedans. Il trouva le début de l'histoire un peu trop à l'eau de rose. Puis au fil des pages, il s'attacha aux personnages, il s'identifia même à certains d'entre eux. Il se surprit à éclater de rire lors de divers passages, imaginant dans les détails, les scènes décrites.

Il lisait quelques chapitres par jour, quand son niveau de fatigue le lui permettait. Il dévora le roman en deux semaines. Lorsqu'il atteignit la dernière page, ses yeux s'embuèrent. Une larme coula sur sa joue. Il trouva la fin de ce récit triste et injuste. Pour lui, cette histoire méritait une autre fin.

Il chercha alors le nom et le prénom de l'auteure sur internet et ne trouva rien sur cette romancière. Il tapa ensuite le titre du roman sur son moteur de recherche : « Jusqu'à toi ». Aucune information non plus. Il n'avait pas l'habitude de lire mais il savait quand même que tout auteur publié laissait une trace sur le net.

***

Inquiets et anxieux, les parents de Bastien éprouvaient beaucoup d'appréhension avant chacune de leurs visites. Leur fils était toujours sur la défensive. Ils ne savaient plus comment lui parler et quel comportement adopter pour ne pas déclencher un nouveau conflit.

Mais ce jour-là, ils avaient une nouvelle importante à lui annoncer, ils ne pouvaient plus reculer. Ils avaient à de nombreuses reprises tenté d'aborder le sujet mais le moment n'avait jamais été propice.

Comment annoncer la vie dans ce couloir de la mort ?

Lorsqu'ils arrivèrent dans la chambre de leur fils, Bastien s'était assoupi dans son fauteuil. À leur grande surprise, il avait troqué sa casaque contre une tenue plus adéquate pour un adolescent de son âge. Lorsqu'il se réveilla, un grand sourire les accueillit.

Bastien était comme métamorphosé, il rayonnait !

Ses parents se regardèrent, émus lorsque leur fils demanda s'il était possible de faire une demande de sortie auprès des médecins. Il devait absolument se rendre en centre-ville pour faire une course. Cela faisait tellement longtemps que Bastien n'avait rien demandé, qu'ils acceptèrent de suite sans même attendre le feu vert médical.

Ils se rendirent tous les trois à la bibliothèque, après avoir promis au médecin d'être de retour d'ici une heure. Bastien était déterminé, tenant précieusement dans ses mains le roman d'Alice. Il savait qu'il n'avait que peu de temps pour pêcher des informations sur l'auteure de ce roman. Il commença par chercher son nom en respectant l'ordre alphabétique dans la rangée des romans, il ne trouva rien. Il parcourut plusieurs fois les étagères pour essayer de trouver le livre par son titre. Rien. Sa démarche devenait éprouvante et il se dit qu'il gagnerait du temps en demandant directement de l'aide auprès du bibliothécaire. Lorsqu'il vit la file d'attente, il ressentit immédiatement l'épuisement lui tomber dessus. Il avait oublié sa maladie l'espace de quelques instants. Son père comprit le malaise de son fils, lui apporta une chaise et l'aida à s'asseoir. Il entreprit de se rendre lui-même au guichet. Sa mère s'était installée à côté de son fils et lui parlait d'un ton rassurant, comme lorsqu'il était petit. Cela faisait bien longtemps qu'il ne s'était pas laissé toucher. Sa mère était heureuse de retrouver sa douceur. Bastien lui parla de ce fameux roman, de la subtilité du récit, de l'émotion qu'il avait ressentie en le lisant. Il lui parla de cette fin qui lui semblait incompréhensible.

Sa mère l'écouta attentivement puis lui dit tout naturellement que si aucune information publique n'était trouvable sur cette fameuse Alice, qu'il était encore possible que cette fin soit modifiée. Pour cela, il fallait retrouver cette mystérieuse personne.

— Je pourrais t'aider à la retrouver si tu veux ? lui dit sa mère.

Le regard de Bastien s'illumina instantanément et sur son visage creusé par la maladie se dessina un large sourire.

Bastien sortit soudainement de son euphorie. Il regarda sa mère avec plus d'attention que d'habitude. Il la trouvait différente.

— Maman, tu n'as pas un peu grossi ?

Cette dernière ouvrit la bouche, saisie par la question de son fils. Elle entreprit de lui répondre mais fut interrompue par son mari :

— Mauvaise nouvelle, aucune auteure n'existe au nom d'Alice dans le fichier. La dame du guichet m'a confirmé que le roman n'a jamais été publié.

La mère et son fils échangèrent un regard, le sourire aux lèvres.

Ils quittèrent la bibliothèque bredouilles. Ils n'avaient pas trouvé ce qu'ils étaient venus y chercher mais Bastien repartait avec plein de beaux espoirs. L'objectif de retrouver Alice, son futur rôle de grand frère… Il avait le devoir de se battre mais surtout, il en avait retrouvé l'envie.

Sans s'en rendre compte, submergé par l'émotion, Bastien en oublia le roman qu'il laissa sur le fauteuil où il s'était installé…

Alice

Lorsque Alice se retrouva seule avec sa sœur, cette dernière lui raconta à quel point elle avait regretté son absence et les difficultés traversées durant cette dernière année vécue loin d'elle. Camille avait fait son coming out auprès de ses parents au moment même où ils avaient le plus besoin d'une confidente. Elle expliqua qu'ils avaient beaucoup souffert qu'elle n'ait plus donné signe de vie.

Durant ces derniers mois, elle avait dû composer avec la douleur de leurs parents qui souffraient à la fois du départ de leur fille puis celle liée à l'existence d'une femme dans sa vie.

— Finalement, peut-être que l'acceptation de mon orientation sexuelle est mieux passée grâce à ton départ, dit Camille d'un ton ironique. Ils avaient certainement peur de me perdre moi aussi…

— J'imagine que ça a dû être très difficile de leur avouer. Il t'a fallu beaucoup de courage pour les affronter.

Alice était gênée mais surtout peinée de ne pas avoir été présente pour Camille. Elle qui pensait que sa sœur était bien dans sa peau, pleine d'assurance, avait en fait vécu durant de nombreuses années avec un lourd secret. Elle s'en voulait de ne pas avoir vu, de ne pas avoir su.

— Tu le sais depuis longtemps ?

— Je l'ai compris un peu après l'adolescence. Alors que

mes copines de mon âge enchainaient les histoires d'amour, étrangement, je ne cherchais pas à en avoir. Ça ne m'intéressait pas. Je ne pensais qu'à réussir mes études qui me prenaient toute mon attention. Apporter de bonnes notes à la maison et voir l'admiration de papa et maman me donnait l'impression d'être spéciale vis-à-vis d'eux.

Alice écoutait attentivement sa sœur qui savait à quel point ses parents étaient exigeants sur les études, au détriment des activités extrascolaires. Elle se détestait d'avoir mis sa petite sœur dans le même sac qu'eux.

Camille continua son histoire :

— Lorsque mon corps a commencé à changer, le comportement et le regard des garçons vis-à-vis de moi aussi. Parmi eux, il y en avait un qui s'appelait Thomas, un étudiant en classe supérieure. Toutes mes amies étaient folles de jalousie qu'il s'intéresse à moi. Il était grand, beau joueur de rugby et intelligent pour couronner le tout. Il avait tout du garçon idéal. Nous avons eu plusieurs rendez-vous avant d'échanger notre premier baiser. J'appréciais sa compagnie mais j'étais comme dégoûtée lorsque nous avions des contacts physiques. Lors de notre première fois, Thomas a été très prévenant, attentif, respectueux... Cependant, je n'ai rien ressenti. Nous l'avons refait plusieurs fois et je n'ai jamais rien éprouvé. Je m'en voulais de ne pas tomber amoureuse de ce jeune homme si charmant... Puis un jour, je suis allée seule à une expo. Tu connais mon goût pour l'art, dit-elle en souriant. Je me suis assise sur un banc pour apprécier un des tableaux lumineux qui se trouvait dans cette pièce sombre. Sans que je m'en aperçoive, une personne s'était introduite dans la pièce, s'asseyant à côté de moi. Elle m'a demandé ce que je pensais de l'exposition. Je lui fis part de mon ressenti, j'appréciais le tableau floral que l'on pouvait contempler durant des heures, mais la musique de fond avec des chants d'oiseaux était un peu cliché. J'exprimais mon regret sur ce choix, une musique classique m'aurait sans doute procuré plus d'émotions. Elle s'appelait Élise et c'était son expo. Je me suis sentie un peu gênée lorsqu'elle s'est présentée mais cette rencontre a été une révélation pour moi. J'ai compris à ce moment-là qui j'étais. Elle a été ma première amoureuse. Avec elle j'ai enfin découvert ce que ressentaient mes copines, l'amour le vrai, celui où on ne fait pas semblant. Même si je l'ai caché, je n'ai jamais refoulé mon attirance pour les femmes. J'étais bien, j'étais heureuse et c'est tout ce qui comptait. Bref, j'ai assez parlé de moi. Raconte-moi tout, ça y est, tu as terminé ton livre ? On pourra le découvrir bientôt ?

Alice attendit quelques secondes avant de trouver les mots pour répondre à sa sœur.

— Il n'y a plus de livre. Je me suis trompée. Papa et maman avaient raison, c'était une erreur. J'ai tout arrêté pour rien…

Amina

Amina, âgée de cinquante-cinq ans, vivait en Suisse depuis une quarantaine d'années, depuis qu'elle avait fui son pays.

Elle souffrait de nombreuses douleurs dorsales mais elle continuait à travailler pour une société de ménage.

Amina cherchait à tuer le temps depuis qu'elle avait perdu son mari.

Sa fille unique Leila avait quitté la maison depuis bien longtemps.

Elle se sentait seule et étrangère dans cette ville où elle n'avait plus aucune attache, maintenant que les siens n'étaient plus là. Rigoureuse dans son travail, elle aimait tout faire briller. Les entreprises se l'arrachaient, ils aimaient son sourire et sa détermination.

Amina était toujours de bonne humeur. Derrière ce sourire permanent qui illuminait son visage, personne n'aurait pu deviner le terrible passé qu'elle avait vécu avant de quitter son pays d'origine, l'Arabie saoudite.

***

Il lui avait fallu beaucoup de courage pour fuir son pays dans lequel elle avait été traitée comme une esclave. Ses parents l'avaient vendu très tôt alors qu'elle était encore une enfant. Séparée de son unique sœur, son cœur avait été arraché lorsqu'elle sut qu'elle n'allait jamais la revoir. Elle fut mariée à l'âge de dix ans avec un homme qui en avait trente de plus. Elle se rappellera toujours de leur premier moment intime. Aucun mot n'existe pour décrire la torture qu'elle avait dû vivre alors qu'elle n'était encore qu'une enfant.

Les seuls contacts physiques qu'Amina avait connus étaient les gestes affectueux de sa petite sœur. Elles aimaient se câliner et se caresser mutuellement leurs longs cheveux bruns.

Ce qu'elle vécut avec cet homme ce jour-là, et de nombreux autres par la suite, n'avait rien à voir avec cela. Elle était paralysée par la peur, incapable de réagir. Elle ferma les yeux et elle pensa à sa sœur, à sa mère et à son père qui disait qu'il les protègerait durant toute leur vie. Savait-il ce qu'il était en train de lui arriver ? Savait-il qu'un homme de son âge était en train de l'embrasser, de la toucher là où il ne fallait pas ? Amina pleura de toutes ses larmes subissant le corps lourd, respirant la mauvaise haleine et l'odeur âcre de la transpiration qui se dégageaient de cet étranger qui était devenu son mari.

Elle se retrouva dans une très grande maison avec d'autres filles, elles étaient huit en tout. L'homme avait épousé ces enfants avec l'accord parental, contre une somme d'argent qui permettait de subvenir aux besoins primaires de la famille. Toute la journée, elles effectuaient des tâches ménagères et les courses. Lorsqu'elles sortaient, elles devaient être voilées et le corps entièrement recouvert. Elles n'avaient pas le droit d'aller à l'école ni de s'amuser. L'homme abusait d'elles environ trois fois par mois. Le soir venu, l'homme choisissait la fille avec laquelle il passerait la nuit. La peur leur venait au ventre lorsqu'après le repas il se levait, les dévisageait une par une et finissait par pointer du doigt celle qui recevait le mauvais sort pour subir ce moment qu'elles craignaient toutes. Lorsqu'il s'accordait des jours de repos, il se dirigeait directement dans sa chambre pour n'en sortir que le lendemain.

Amina était devenue adulte le jour où elle fut arrachée à ses parents. Elle préférait ce terme à celui d'avoir été vendue car elle avait l'impression qu'en voyant les choses ainsi, ses parents reviendraient un jour la chercher pour mettre fin à cette vie de souffrance.

***

Amina avait l'impression que cette période appartenait à une autre vie. Elle était si lointaine qu'elle se demandait parfois si elle avait été réelle. Le calvaire s'est répété durant de nombreuses années, elle ne les comptait plus.

Dans sa quatorzième année, elle rencontra Karim, un jeune homme de dix-sept ans. Chaque lundi, elle effectuait les courses pour les repas du midi et du soir. C'est sur le marché qu'elle croisa son regard pour la première fois. Elle fut effrayée lorsqu'il lui adressa la parole, de peur que son mari l'apprenne. Elle s'enfuit en courant à la maison, laissant tomber deux pommes par terre.

Elle le revit la semaine d'après et elle ne comprenait pas pourquoi ce garçon était attiré. Il s'avança vers elle et lui tendit deux pommes.

— Tenez, vous les avez oubliées la dernière fois.

Amina, méfiante, prit les deux pommes en baissant le regard, puis le releva.

— Je m'appelle Karim. Je travaille avec mon père sur le marché, dit-il timidement. Et toi comment tu t'appelles ?

— Amina. Mais tu ne devrais pas me parler. Je risque d'avoir de très gros problèmes si l'on m'aperçoit avec toi.

Karim connaissait très bien les conditions de vie de certaines femmes même si lui avait été élevé dans un cadre totalement différent. Son père respectait profondément sa mère. Il comprit aussitôt le contexte quotidien auquel Amina était soumise. Il ne voulait pas lui attirer d'ennuis mais il ne voulait pas non plus arrêter de la voir.

— Je peux t'aider ? lui dit-il.

Amina fut submergée par une forte émotion et ne sut quoi répondre. Elle avait attendu durant de nombreuses années que quelqu'un lui vienne en aide. Elle avait prié chaque matin, chaque soir pour que Dieu lui envoie un signe pour mettre fin à ses souffrances. Avait-il entendu ses prières ?

— Comment pourrais-tu m'aider ? lui répondit-elle.

— Si tu acceptes mon aide, je te promets de te sortir de là.

Amina pensa immédiatement aux menaces de son mari : « Si vous imaginez un jour me trahir ou me mentir, je vous marquerai au fer rouge pour que jamais vous ne recommenciez ». Elle repensa aussi à son amie Jamila qui avait décidé de quitter la maison en pleine nuit. Elle était déterminée et n'avait pas de plan précis pour s'enfuir mais elle était certaine de pouvoir marcher durant de longues heures et rencontrer des gens miséricordieux qui lui porteraient secours.

Lorsque l'homme l'apprit le lendemain, il mit tout en œuvre pour la retrouver. Il se servit de tout son réseau de connaissances pour la faire revenir.

Deux jours après, Jamila était de nouveau au harem, couverte de bleus, son visage était méconnaissable. Elle avait des brûlures et ses joues avaient été tailladées. Elle était toute boursoufflée et ses dents avaient été arrachées. Jamila avait seulement douze ans. Elle essaya de se donner la mort à plusieurs reprises puis l'homme finit par se débarrasser d'elle. Personne ne sut ce qu'il lui était arrivé…

— Tu ne peux pas m'aider, personne ne le peut.

— Laisse-moi essayer.

Amina réfléchit et lui demanda de la laisser tranquille s'il ne voulait pas d'ennuis. Elle reprit son chemin mais fut interceptée par Karim qui lui prit la main. Ce geste était tendre, il fit palpiter son cœur qui ne fonctionnait plus depuis bien longtemps.

Elle regarda Karim dans les yeux, elle le trouvait beau mais elle n'avait pas le droit d'éprouver quoique ce soit pour lui.

Pour qu'il la laisse partir, elle lui dit :

— Je reviens lundi. Si tu souhaites m'aider, retrouve-moi ici.

— Je serai là, c'est promis.

Pour la première fois, depuis très longtemps, Amina eut le sourire aux lèvres.

Sur le chemin du retour, elle avait un sentiment nouveau, celui de l'espoir d'aspirer à une nouvelle vie.

Amina attendit le lundi avec impatience. C'était le seul jour de la semaine où elle était autorisée à sortir. C'était son unique moment de liberté. Quand le jour tant attendu arriva enfin, elle resta très prudente. Elle s'était retournée plusieurs fois pour voir si elle apercevait Karim. Lorsqu'il surgit de derrière elle, elle sursauta. Alors qu'il était tout enjoué, Amina lui dit fermement de faire attention. Elle baissa la tête avec un air de soumission.

Il lui dit :

— Amina, ne t'en fais pas j'ai regardé autour de moi. Tu ne risques aucun danger.

— Je ne sais pas. J'ai l'impression que tout le monde me regarde.

Karim l'attira dans une toute petite ruelle. Ils ne se retrouvaient à présent que tous les deux.

— Non il n'y a que moi qui te regarde.

Les joues d'Amina se mirent à rougir. Pour la première fois, elle ne voyait pas l'homme comme le mal. Elle percevait la gentillesse de Karim. Il lui apportait une lueur de vie durant quelques minutes de sa sombre existence.

Chaque semaine, ils se revoyaient ainsi, quelques minutes sur le marché. Amina se sentait enfin précieuse aux yeux de quelqu'un et avait peur de ne plus revoir celui qu'elle aimait. Karim avait un plan pour qu'ils s'enfuient tous les deux. Pour cela, il décidait de ne pas prévenir ses parents pour ne leur courir aucun risque. Il était intelligent et rassurant auprès d'Amina. Il souhaitait bien préparer leur départ même s'il savait que sa bien-aimée était impatiente, souhaitant au plus vite échapper à ce monstre.

Amina s'était fait des amies mais elle décida de ne parler à aucune d'elles de ses projets. Personne ne devait savoir.

Karim s'était procuré de faux passeports avec de nouvelles identités. Il fit le choix de la France, c'était un pays accueillant qui faisait rêver. Là-bas, ils seraient tranquilles. Ils n'auraient plus besoin de se cacher. Lorsqu'il en parla à Amina, elle était pensive. Évidemment, elle idéalisait cette nouvelle vie mais à la fois, elle se demandait comment cela allait être possible. Plus cela devenait concret, plus elle était apeurée. Et si elle s'apprêtait à subir le même sort que Jamila ? Elle se demanda si elle ne devait pas se contenter de sa misérable vie et mettre fin à ses contacts avec Karim.

Le lundi suivant, Karim lui dit que tout était prêt. Elle devait suivre à la lettre près toutes les consignes qu'il lui donnait… Elle l'écouta attentivement.

Après tout un périple, un vrai parcours du combattant, plusieurs jours, la peur au ventre, ils y parvinrent. Lorsqu'ils mirent le pied en France, ils comprirent tous les deux qu'enfin, ils étaient libres.

Amina était âgée de quinze ans lorsqu'elle connut enfin le bonheur. Karim avait en amont trouvé un travail (il connaissait un ami qui s'était enfui lui aussi quelques années auparavant). Il trouva une école pour Amina, pour qu'elle apprenne à lire et à écrire.

En parallèle, elle effectuait des tâches ménagères dans plusieurs sociétés. Sa vie n'avait jamais été aussi belle. Elle attendit de nombreux mois avant d'accueillir la tendresse de Karim. Elle l'aimait profondément mais associait le contact d'un homme à du dégoût. Karim avait toujours été respectueux avec elle et attendit patiemment le moment où elle fut prête.

Alice

Quelques semaines s'étaient écoulées depuis les retrouvailles familiales chez Rosa et le jour de la reprise du travail finit par arriver.

Alice se retrouva projetée dans cette rue de Paris qu'elle connaissait si bien. Il pleuvait. À l'abri sous son parapluie, elle se posta un instant devant la boutique dans laquelle elle devait entrer. Elle était résignée à reprendre son travail. Ce retour en arrière lui laissait un goût amer. Elle pensa alors que la réalité l'avait rattrapée et qu'elle ne pourrait pas y échapper.

Elle regarda l'heure sur son téléphone. Il lui restait trente minutes avant d'attaquer sa journée.

Au lieu d'entrer dans la boutique, elle se dirigea vers le bar qui se trouvait au bout de la rue. Elle avait besoin de l'odeur réconfortante d'un café.

Elle passa sa commande et s'installa à une table. Elle se sentait terriblement seule depuis qu'elle avait dû quitter sa grand-mère. Rosa lui manquait beaucoup. Sans elle, ses matins étaient devenus tristes.

Elle ressentit un besoin soudain de se reconnecter à ses réseaux sociaux. Elle prit son téléphone, ouvrit son application, renseigna ses codes. Ce besoin était moins lié à la curiosité envers le monde qu'au désir de retrouver quelqu'un en particulier.

Elle pensait à lui chaque jour davantage depuis qu'elle avait terminé l'écriture de son roman. Elle avait pourtant cru qu'en couchant son histoire sur le papier, elle aurait enfin pu tourner la page.

Son histoire… Elle avait désormais le sentiment de l'avoir idéalisée. Que ce n'était qu'une belle romance à laquelle elle seule avait cru.

Pourtant, elle aimerait le revoir. Lui dire qu'il avait été son unique amour. Que depuis qu'il était parti, sa vie n'avait plus de sens. Qu'il avait eu raison de s'envoler pour vivre ses rêves et que la plus grosse erreur de sa vie à elle avait été de ne pas le suivre. Elle souhaiterait qu'il entende ses regrets.

Avec le recul, elle savait bien qu'elle avait laissé partir la seule personne qui croyait en elle, à part sa mima bien sûr. Il l'aurait soutenue comme l'avait fait sa grand-mère. Il lui manquait terriblement même après toutes ces années d'absence.

Son cœur se mit à palpiter et faire des sauts dans sa poitrine quand elle décida de rechercher son nom sur internet. Ses doigts tremblaient, sa gorge était nouée. Elle s'était jusqu'à présent interdite de faire ça. Elle tapa « Alban Devigne ».

Alice vit apparaître sur son écran une liste d'homonymes. Ils n'étaient pas nombreux, seulement cinq, elle parcourut un à un leur profil.

Malheureusement, son Alban n'y figurait pas. Elle ressentit un besoin impérieux de le retrouver et pour ça elle était prête à remuer ciel et terre…

Elle regarda l'heure sur son portable, il fallait y aller. Elle se leva précipitamment et se rendit à son poste de travail.

Amina

Six mois après son arrivée en France, Amina commença à prendre ses marques. Elle apprit le français en lisant le journal et en écoutant les gens au travail. Mais c'est surtout l'association où elle se rendait pour apprendre à lire et à écrire qui lui permit de bien avancer sur son apprentissage.

Amina était assidue, bonne élève et avait une immense soif d'apprendre, pour la plus grande satisfaction des enseignants bénévoles.

Au fil du temps, elle reprit goût à la vie.

Karim et elle vivaient avec le strict minimum. Ils logeaient sous les toits, dans un petit studio mal isolé d'à peine vingt mètres carrés. L'hiver ils grelottaient et l'été ils crevaient de chaud. Ils dormaient sur un matelas gonflable et n'avaient pas les moyens de se nourrir correctement.

Pourtant à cette époque, Amina ne se souvenait pas avoir été aussi heureuse. N'importe quelle condition était préférable à ce qu'elle avait vécu dans son passé.

Un soir, Karim lui fit la surprise de lui préparer un bon repas. Elle était rentrée après une journée de travail éreintante. Elle avait effectué plusieurs ménages dans des entreprises différentes. Elle se sentait épuisée et rêvait d'une bonne douche bien chaude.

Lorsqu'elle entra chez elle et qu'elle vit les préparations de Karim sur la petite table, sa gorge se gonfla d'émotions.

Il lui dit :

— Bonsoir Amina, il fait froid dehors. Je t'ai préparé un bon repas qui va te réchauffer. J'ai enfin reçu ma paie lui dit-il en lui tendant un paquet. Amina le regarda, stupéfaite, ne croyant pas ses yeux de ce qui lui arrivait. Elle était profondément touchée. C'était la première fois qu'elle recevait autant d'attentions de la part d'un homme. Elle ouvrit le paquet et découvrit un joli manteau en drap de laine bleu, bien épais. Elle leva vers lui ses yeux prêts à déborder.

— Le tien n'est pas assez chaud pour résister aux températures hivernales… lui dit-il.

Amina le regarda un laps de temps avant de lui dire :

— Merci pour tout Karim. Depuis que je te connais, il ne m'arrive que de belles choses. J'ai la sensation d'être entourée de bonnes ondes, de vivre dans une bulle de protection. Je n'aurai jamais assez de mots pour t'exprimer ma reconnaissance. Tu as pris tous les risques pour me sauver de la cruauté dans laquelle je vivais. Tu m'as offert un toit… Avec toi je me sens apaisée, précieuse et respectée. Et tu arrives encore à me surprendre en m'accordant toutes ces belles attentions. J'ai l'impression de vivre un rêve éveillé et j'ai une peur terrible que tout cela s'arrête. Je suis amoureuse de toi Karim. Depuis le premier jour où je t'ai vu, j'ai su. J'aimerais être la mère de tes enfants, t'apporter tout l'amour que tu mérites. Je sais que nous vivrons heureux, je ferai tout pour que tu le sois. Karim, j'aimerais être ta femme, épouse-moi.

Le jeune homme qui se tenait face à elle n'en revenait pas de ce qu'il venait d'entendre. Lui qui ne s'attendait qu'à une simple marque d'affection de la part de celle qu'il aimait venait de se prendre en pleine face une magnifique déclaration. Il était sonné et mit un petit temps avant de refaire surface, savourant le plus longtemps possible le moment qu'il venait de vivre.

Il prit le visage d'Amina dans ses mains et tendrement déposa sur ses lèvres le plus doux des baisers.

***

Amina repensait à cette belle période. Elle avait tenu ses engagements envers Karim. Ils se marièrent et eurent une fille quelques années après.

Ils étaient parvenus à atteindre un niveau de vie convenable, permettant de subvenir à leurs besoins. Ils quittèrent leur petit appartement et effectuèrent leur premier achat immobilier. Ils eurent un coup de cœur sur une petite maison fonctionnelle et cocooning.

Depuis que leur brillante fille était partie aux États-Unis pour décrocher un bon travail, Karim et Amina s'étaient installés dans un appartement en Suisse. Ils prévoyaient de faire leur retraite près de Genève, ville où Karim avait une vraie affection. Il aimait s'y promener, la sécurité qui y régnait, sa beauté. Amina, elle se moquait de l'endroit où elle se trouvait tant qu'elle était avec son mari. Elle était cependant heureuse de quitter la maison qui lui semblait vide, depuis le départ de sa fille.

Quelques mois après s'être installés dans leur nouvel appartement, Karim et Amina vivaient dans la joie. Ils profitaient de la vie, la redécouvraient à deux en se promenant, en allant au restaurant, au cinéma, au marché…

Lors d'une sortie, alors que tous deux discutaient, Karim se mit à avoir une douleur intense au niveau de la poitrine qui le brutalisa, l'incitant à mettre un genou à terre. Sous les yeux apeurés d'Amina, elle dut demander de l'aide. Plusieurs passants se trouvaient présents, ce qui permit aux équipes de secours d'arriver rapidement. Le verdict du médecin était alarmant. Karim avait fait une crise cardiaque, il se devait donc d'être prudent par la suite. Cela l'impliquait à revoir son alimentation, ses activités, avoir un suivi médical régulier…

Depuis cet incident, Amina avait décuplé ses attentions envers son mari qui lui répétait qu'elle se faisait du souci pour rien.

Lors des mois suivants, Karim n'eut pas de nouvelles alertes de santé. Ils avaient même oublié ce moment qui aurait pu faire basculer leur vie. Ils reprirent peu à peu le goût de la vie. Ils s'apprêtaient à faire un long voyage pour aller voir leur fille et avaient réuni la grosse somme d'argent que cela nécessitait. Pour y parvenir, Amina avait repris les ménages, l'objectif en valait la peine. Ils allaient enfin découvrir la merveilleuse ville où Leïla vivait et la couvrir d'amour comme auparavant, le temps de quelques semaines.

Toutes leurs conversations tournaient autour de leur départ…

Un matin, alors qu'Amina rentrait de courses sifflotant de joie, prévint son mari qu'elle était rentrée. N'ayant pas de réponse, elle le chercha partout dans l'appartement. Elle fut terrifiée lorsqu'elle le retrouva allongé par terre, inerte. Elle hurla, pria pour qu'il se relève. Elle commença d'effectuer un massage cardiaque avant de se diriger vers le palier pour appeler à l'aide.

Un des voisins vint la relayer quelques secondes plus tard après avoir immédiatement appelé le SAMU.

Les secouristes n’avaient malheureusement rien pu faire pour le sauver. La vie d’Amina s’était instantanément mise en suspend ce jour-là.

***

Elle eut le cœur serré en repensant à ce moment tragique survenu quelques mois auparavant. Envahie par la tristesse en restant dans leur appartement où elle avait l’impression de le voir partout, elle décida de reprendre le travail. Elle trouva facilement un employeur et passa ses journées à enchainer les ménages.

Parmi les lieux où elle intervenait, il y avait celui qu’elle préférait, la bibliothèque.

Plus que de lui libérer l’esprit, rendre ce lieu propre et brillant lui apportait une certaine fierté. Elle avait toujours aimé lire et éprouvait une vraie fascination pour les écrivains.

Elle aimait ces cascades de livres, leurs odeurs. Elle se sentait privilégiée de s’octroyer des moments seule dans cet endroit spacieux, entourée de millions de pages écrites, de différents auteurs.

Elle nettoya en parcourant les étagères avec son chiffon recouvert de savon noir (produit qu’elle échangeait avec celui qui lui était fourni), un vrai remède pour rendre les lieux sains sans produits toxiques, pensait-elle.

Elle passa l’aspirateur et découvrit que sa collègue de la veille avait quelque peu bâclé le travail. Une couche de poussière épaisse s’était installée sous les fauteuils et sous les étagères. Elle dut faire vite pour les enlever, il lui restait peu de temps avant l’ouverture.

Au moment d’enlever la saleté sous un des fauteuils, elle sentit la gêne d’un objet. Elle se mit à genoux et baissa la tête pour y voir de plus près.

Elle y retrouva un livre dont la première page de couverture était arrachée. Elle l'ouvrit, le feuilleta et découvrit deux petits mots à la fin ressemblant à des critiques. Ils étaient signés « Emma » et « Bastien ».

Le roman n'avait pas de titre, ni de nom d'auteur. Amina sut que le livre n'appartenait pas à la bibliothèque car il n'avait ni protection de couverture, ni de numéro de référence.

Cela faisait bien longtemps qu'elle n'avait pas lu. Les critiques à la fin du livre lui donnait une vraie envie pour le lire. Le prendre n'était pas du vol, elle le remettrait dans les objets perdus une fois qu'elle l'aurait lu. Elle le prit et le mit dans sa blouse. Elle sourit, sachant qu'elle allait pouvoir s'évader le temps d'un moment…

Alice

Alice reprit peu à peu ses habitudes. Elle se surprit à prendre du plaisir en retrouvant la boulangère du coin, l'épicier de la rue d'en face. Elle adopta un régime plus sain en s'accordant plus de temps pour cuisiner des bons petits plats. Cette année sabbatique l'avait rendue plus solitaire. Elle qui auparavant aimait sortir, être entourée constamment de ses amis, préférait désormais une bonne soirée sur son canapé à regarder des séries. Elle n'était ni heureuse ni malheureuse, elle se laissait portée par la vie sans convictions.

Elle n'eut pas le cœur à avertir ses amis de son retour à Paris, repensant aux photos qu'elle avait découvertes sur son compte Facebook. Leur voyage improvisé dont elle n'avait pas été conviée les avait plus ou moins éloignés. Elle leur en voulait même si au fond, elle savait qu'elle avait une part de responsabilité.

Ses contacts sociaux se limitaient à ses collègues de travail, aux commerçants du coin mais surtout sa sœur avec qui les liens s'étaient renoués depuis leur séjour à Aix en Provence. Elles prenaient le temps de se redécouvrir. Alice s'était détachée de ses préjugés envers Camille. Cette dernière la surprenait positivement de jour en jour, lui donnant à chaque fois envie de la connaître un peu plus.

Elles se retrouvaient au restaurant ; autour d'un verre ; Alice s'initia même au yoga pour passer davantage de temps avec sa sœur.

Elle essaya de faire des efforts envers ses parents mais la démarche s'avérait difficile. Elle considérait être en âge de ne plus recevoir de reproches, d'être jugée sans raison valable. Elle les voyait donc peu et c'était suffisant.

Incapable de se projeter dans la vie future, elle regrettait sa situation qu'elle trouvait maussade. Elle en arrivait à un constat qui lui faisait peur, celui d'être passée à côté de sa vie. Le temps qui défilait à grande vitesse lui laisserait-il l'occasion de rencontrer quelqu'un ? De fonder une famille ? Était-il trop tard ?

Après l'échec de son roman, Alice prit conscience qu'elle n'avait rien construit de sa vie…

***

Camille avait pu remarquer une certaine tristesse dans le regard de sa sœur, malgré son enthousiasme à chacune de leurs retrouvailles. Elle la connaissait suffisamment pour percevoir sa mélancolie. Un jour, elle décida d'aborder le sujet :

— Pourquoi ne cherches-tu pas à rencontrer quelqu'un ? Tu es jolie, intéressante et ton humour pourrait faire rire un agélaste.

Alice, qui ne s'attendait pas à être interrogée par cette question, essaya de lui répondre par les mots qui lui semblaient définir le mieux la situation :

— Je ne parviens pas à l'oublier.

Camille comprit de suite de qui elle parlait. Elle savait à quel point elle avait souffert du départ de son ancien petit ami.

Sa rupture avait été un déchirement et laissait des blessures profondes.

— As-tu cherché à le recontacter ?

— J'ai tout fait pour ne pas le faire. Je voulais le rayer de ma vie, vraiment. Avec le recul, je sais que jamais je ne pourrai faire mon deuil de cette séparation. Cette année où j'ai décidé de mettre en stand-by, c'était avant tout pour lui. J'avais besoin de fuir cette ville où je le voyais partout. Je me disais qu'en écrivant notre histoire, je pourrais enfin accepter notre fin. En bouclant ce livre une bonne fois pour toutes, j'en réécrirai une autre où il ne figurerait pas dedans.

— Donc ce livre, tu l'as écrit pour lui ? Tu disais que le succès serait garanti par ton histoire ?

— Oui. Mon histoire avec Alban était peu commune. Elle était mélodieuse, poétique, la foudre nous était tombée dessus. Mon roman n'a pas de goût à l'eau de rose mais aborde une vraie philosophie d'amour. Je ne sais pas pourquoi je te parle de tout ça…

— Pourquoi refuses-tu que je le lise ? Tu sais que j'ai un vrai intérêt pour ce que tu fais et je serai curieuse de découvrir ton travail.

— Crois-moi, ce serait une perte de temps. Ce livre ne m'a attiré que des ennuis. J'ai perdu mes amis, papa et maman ne me voient encore plus immature qu'auparavant et pour combler le tout, tous les refus qui me sont parvenus m'ont fait prendre conscience que j'étais incapable de faire quelque chose de bien. Tu sais à un moment, j'y ai cru. J'étais persuadée que mon livre allait être publié. Je me projetais déjà à des séances de dédicace, de retrouver mon roman dans le top 10 des ventes de la FNAC. J'aurais aimé pouvoir transmettre mon histoire auprès de gens qui se seraient reconnus dedans. La dernière à avoir lu mon roman est cette boîte à livres qui a brûlé le lendemain. Si ça, ce n'est pas un signe du destin ! Crois-moi Camille, je te remercie pour l'intérêt que tu as pour mon bouquin mais je t'en prie, si en as vraiment pour moi, arrêtes de m'en parler. Ce livre est de l'histoire ancienne, un mauvais rêve à oublier. Finalement, la seule belle anecdote à retenir dans cette histoire, c'est que l'on s'est retrouvées.

Camille regarda sa sœur, émue par ce qu'elle venait de lui dire et finit par la serrer dans ses bras.

Amina

Amina vendu son appartement en un rien de temps. Elle eut l'impression de revivre la même scène que lorsque Leïla avait quitté la maison, une nouvelle page se tournait.

Suite à la perte de celui qu'elle voyait comme son être le plus précieux, le personnel soignant lui avait conseillé de se raccrocher aux souvenirs qui l'entouraient, ses photos, ses objets fétiches… Amina savait qu'elle avait besoin d'autre chose pour se reconstruire. Elle préféra garder précieusement ses souvenirs dans son cœur et se débarrassa donc de toutes les affaires de son défunt mari.

D'une certaine manière, elle eut l'impression qu'en agissant ainsi, ils continuaient d'avancer ensemble.

Leïla, sa fille unique avait insisté lourdement pour qu'Amina la rejoigne à New York. Cette dernière avait fini par accepter la proposition. Attendant son premier enfant, la jeune femme se voyait rassurée d'avoir la présence de sa mère avant l'arrivée de l'heureux évènement. Ainsi, elles pourraient veiller sur l'une et sur l'autre…

Leïla et son époux travaillaient tous deux dans la finance et percevaient des revenus très élevés. Ils vivaient dans un luxueux appartement dans Manhattan, un endroit spacieux ayant la capacité d'accueillir un grand nombre de convives. Amina savait qu'elle y serait bien, l'idée de revivre auprès de sa fille lui réchauffait le cœur.

Amina se sépara de tous ses meubles en les vendant sur un site d'occasion en ligne. Pour les non vendus, elle fit appel à une association qui en débarrassa la totalité.

Elle se retrouva avec trois valises dans ce grand appartement, l'heure du départ approchait. Émue, elle se sentait égarée dans cet endroit où elle n'avait plus de repères depuis qu'il n'y était plus… Karim, qui l'avait aidé à sortir de l'enfer pour rejoindre le chemin du paradis.

Amina savait qu'en rejoignant leur fille, elle répondait à une des dernières volontés de son mari. Il aurait été d'une tristesse sans nom, de la savoir seule.

Elle ferma la porte à clé et remit le trousseau à l'agent immobilier qui l'attendait en bas de l'immeuble.

Elle prit le taxi pour se rendre à l'aéroport de Genève.

Au moment de chercher son portefeuille pour régler le chauffeur, elle trouva dans son sac le livre emprunté à la bibliothèque. Elle eut un remords en réalisant qu'elle ne pourrait jamais le rendre où elle l'avait trouvé mais se consola aussitôt en se disant qu'elle le ferait circuler après l'avoir lu.

Après quelques heures d'attente à l'aéroport, elle vit enfin apparaître l'affichage de son vol. L'heure du départ était imminente.

***

Il y avait neuf heures de vol. Amina avait pris le temps de

se reposer, moment qu'elle ne s'était pas accordé depuis quelque temps. Elle refusa toute boisson et toute nourriture, elle craignait l'avion et avait fait une longue prière juste avant de décoller. La sélection des films proposés ne l'intéressait guère.

Elle sortit le roman de son sac, le moment était opportun pour se plonger dedans. Elle fut rapidement absorbée par cette histoire dont elle trouva l'écriture et les personnages attachants. Elle fut projetée dans une belle histoire d'amour. Certains passages lui rappelaient ceux vécus avec Karim.

Elle le dévora durant la quasi-totalité du voyage, il ne lui restait plus qu'un chapitre.

Elle garda précieusement quelques pages pour avoir le temps d'imaginer plusieurs scénarios de fin, avant de la découvrir.

À l'aéroport, après avoir récupéré sa valise, elle chercha parmi tout le monde sa fille qu'elle ne parvenait pas à apercevoir. Elle commençait à perdre patience au bout de dix minutes avec la fatigue et la sensation d'être perdue au milieu de tous ces étrangers.

Tout à coup, elle vit au loin deux personnes, dont une femme avec un ventre rond. Son sourire devint immédiat. Leïla courut malgré ses kilos en trop afin de retrouver sa mère. Elles s'enlacèrent dans les bras durant de longues minutes avant de se diriger dans le centre de Manhattan.

Bali

Bali sortait tard du travail pour se rendre vers Times square pour rejoindre ses amis, c'était son rituel du vendredi soir. *Les* écouteurs dans ses oreilles avec un air de *I want to hold your hand des Beattles*, circulant à pied dans cette magnifique ville, il se sentait privilégié.

Il appréciait depuis son changement de carrière de pouvoir profiter de tous ses week-ends.

Il vivait à New York depuis de nombreuses années maintenant mais n'avait jamais selon lui pu profiter pleinement de cette ville qu'il considérait être le top 1 dans le monde, impressionné par sa vie à cent à l'heure.

Sachant qu'il y resterait pour y vivre, il reportait toujours ses visites en se disant qu'il aurait le temps plus tard. Son ancien travail impliquait des horaires non fixes avec peu de jours de congés. Il considérait ce nouveau départ comme une belle opportunité pour profiter à fond de la vie. Il comptait bien prendre le temps de construire autre chose, aspirait à une vie plus calme et plus stable.

En faisant un point sur sa vie amoureuse, il réalisait à l'âge de trente-quatre ans, qu'elle se résumait à peu. Il ne se souvenait même plus de quand datait sa dernière relation qui avait été de courte durée. Il fut amoureux une fois, il y a un certain nombre d'années et depuis, il ne croyait plus vraiment en ce genre de sentiments comme s'ils étaient détruits à jamais. Il pensait souvent à cette femme, imaginant le mari qu'elle avait épousé, entouré de deux ou trois enfants. La vie était ainsi, on faisait des rencontres, on aimait les gens et on les laissait partir. En y repensant, il trouva ça triste.

Il obtint son nouveau job grâce à un de ses meilleurs amis, Michael qui travaillait dans les locaux depuis un grand nombre d'années et qui avait toute la confiance de son patron. Ce dernier l'avait briefé en le menaçant que s'il parlait en son nom, il avait intérêt à être à la hauteur afin de ne pas compromettre sa réputation.

Bali avait sauté de joie quand il fut embauché. Les objectifs étaient ambitieux, mais il l'était ! Au bout de quelques mois, il fit ses preuves en obtenant d'excellents résultats. Il se fit nommer par la direction de meilleure recrue de ces dix dernières années et Michael reçut une prime pour l'aide à son recrutement.

En une année, le changement fut radical pour lui. Il quitta son petit appartement d'Harlem pour s'installer dans un loft confortable à Brooklyn. Il s'inscrivit dans une salle de sport et adoptait le rythme de vie d'un vrai américain, avec un rituel qu'il avait tant cherché à fuir durant toute sa vie. La stabilité lui avait toujours fait peur mais depuis qu'il y était confronté, il y avait pris un certain goût.

Arrivé à l'endroit prévu, il ôta ses écouteurs, ouvrit la porte et fut accueilli par quatre larges sourires, les bras ouverts exprimés en cœur « Ahhh, Bali ! »

Amina

Cela faisait déjà deux mois qu'Amina était installée chez sa fille. Elle s'y sentait bien même si elle avait dû s'habituer au rythme new-yorkais qu'elle trouvait à la fois speed et fatigant. La ville était tout le temps en mouvement. Il fallait y trouver le calme tôt le matin, elle se promenait donc le plus souvent de son temps, à ce moment de la journée. Elle aimait également se retrouver dans Central Park, cet endroit apaisant où elle passait des heures à observer des matchs amateurs de baseball.

Leïla veillait sur sa maman pour qu'elle ne manque de rien, elle en faisait peut-être même un peu trop. Amina avait passé beaucoup de son temps à s'occuper de son défunt mari. Elle lui disait souvent « ma fille, c'est à moi de prendre soin de toi, tu es enceinte de sept mois ».

Amina avait débattu sur le sujet du ménage en disant qu'il n'y avait pas besoin d'agent pour entretenir l'appartement puisqu'elle était là. Sa fille, qui lui avait répondu qu'elle valait beaucoup mieux que ça, l'avait vexé. Sa mère considérait ce métier comme gratifiant. Elle avait toujours dit à Karim qu'elle aimait passer du temps à entretenir des locaux, car cela mettait les gens dans de bonnes conditions, dans un bon état d'esprit pour attaquer une journée. Les personnes appréciaient les bonnes odeurs chassées par le renfermé. Elle avait passé sa vie à tester chez elle des recettes de produits nettoyants pour les rendre naturels tout en garantissant un résultat parfait.

Amina avait fini par se résigner auprès de sa fille qui tenait à garder son employé de ménage qui n'avait, selon elle, aucun goût pour son métier. Elle repassait systématiquement derrière elle sans que sa fille ne le sache. Elle souriait intérieurement lorsque Leila évoquait le travail formidable de son aide-ménagère.

Une nuit, Amina fut prise d'une insomnie. Elle pensait et repensait à son tendre mari qui n'était plus là. Elle eut peur de l'oublier. Quitter son pays, se retrouver dans un autre à des milliers de kilomètres de chez elle lui donnait la sensation que sa vie avec Karim était loin, très loin. Il ne lui restait que peu de souvenirs matériels mais elle aimait repenser à tous ceux qu'elle contenait précieusement dans sa mémoire.

Son esprit s'était envolé vers la veille de son accouchement qui s'était manifesté deux semaines avant le jour J. Elle avait senti les contractions à intervalles de dix minutes entre chacune d'elles. Elle s'était levée en attendant le réveil de Karim pour qu'il puisse l'emmener à l'hôpital.

Il avait été pris d'une telle panique, tout le contraire d'elle qui était d'un calme plat, que la situation en était risible. Lorsqu'ils avaient voulu démarrer la voiture, elle fit des siennes et improvisa une panne qui les mit dans un état de stress absolu. Ils avaient dû interpeller des conducteurs, une aimable jeune femme n'avait pas mis beaucoup de temps à réfléchir pour leur venir en aide. Quelques heures plus tard, ils vivaient le plus beau jour de leur vie…

Elle chassa ses pensées en se levant. Elle s'habilla, prit son sac à main tout en décidant de s'aérer l'esprit dehors. Elle appréciait cette heure de la journée où elle croisait peu de monde. En déambulant dans la rue, elle prit conscience qu'elle n'avait pas regardé l'heure et fut surprise lorsqu'elle se rendit compte en regardant sa montre qu'il n'était même pas six heures du matin. Il faisait frais, elle décida d'entrer dans un café afin de prendre une boisson chaude. Rares étaient les moments où elle se retrouvait seule. Elle aimait tous ces instants de solitude où elle se sentait libre de penser, de ne pas se sentir obligée d'écouter ni de parler, de se focaliser sur elle-même.

Le serveur lui apporta un thé à la menthe. En fouillant dans son sac pour prendre son porte-monnaie, elle tomba nez à nez avec son roman inachevé.

Comment avait-elle pu l'oublier ? Cela faisait deux mois qu'il était caché dans son sac et il lui était totalement sorti de la tête. Il faut dire que ces dernières semaines furent intenses entre les nombreuses sollicitations de Leïla pour l'arrivée du bébé et son adaptation dans un nouveau pays.

Il lui restait environ une dizaine de pages avant de le terminer. Le moment était parfait pour se replonger dedans.

Le silence régnait, l'absence de bruit la mettait dans de bonnes conditions pour reprendre sa lecture. Elle se replongea dedans et se remémora rapidement les derniers passages laissés quelques mois auparavant.

Au fil de la lecture de ce dernier chapitre, elle regrettait la tournure que la fin prenait. Comment une histoire aussi puissante pouvait se terminer ainsi ? Elle espéra jusqu'à la dernière ligne un retournement de situation, mais non. La fin était d'une tristesse, en inadéquation avec le reste de l'histoire, joviale, pétillante avec une touche d'humour. Elle ressentit une profonde douleur à la gorge qui l'empêcha d'avaler le reste de sa boisson. La tristesse en rappelait une autre, elle fut touchée par la même émotion qu'à la perte de son mari. À un degré différent, certes mais la peine était bien présente.

Elle tourna la page et vit deux mots écrits par des personnes différentes. Elle demanda au serveur s'il était possible de lui prêter un stylo.

Après s'en être procuré un, elle prit une profonde inspiration, réfléchit environ cinq minutes puis en écrivit un elle aussi.

Elle prit le roman dans ses bras, le serra contre elle avant de le laisser sur la table. Elle fut peinée de le laisser mais elle s'était promis de le faire circuler. Et puis, elle était convaincue de sa bonne action. L'endroit était idéal pour retrouver preneur.

Ce livre méritait d'être lu.

Bali

La soirée était bien entamée, l'alcool commençait à faire son effet, manifesté par des éclats de rire à répétition. À la table, il y avait Michael, Angelo, Stefan et Aaron. Ils étaient amis depuis de longue date et s'étaient rencontrés lorsqu'ils cherchaient une colocation. Des liens s'étaient tissés dès leur rencontre. Michael était fils de bonne famille, aimait que tout soit en ordre, maniaque, râleur mais doté d'une grande générosité et d'un humour qui procurait de la joie autour de lui.

Angelo, qui souffrait d'obésité depuis son plus jeune âge, était réservé, geek, passionné par les jeux vidéo. Il avait fini par décrocher un job comme testeur de nouveaux jeux et était payé pour vivre de sa passion. Il ne parlait pas beaucoup mais chacune de ses remarques était pertinente.

Stefan était médecin urgentiste, il avait passé son temps à étudier ou à aider les autres. Rares étaient les moments où une urgence ne s'interrompait pas dans une conversation, dans un dîner, pendant sa douche…

Aaron avait arrêté de faire le tour du monde le jour où il avait mis les pieds à New York. C'était l'endroit où il s'était senti le mieux et il n'avait jamais voulu en repartir. Sa situation professionnelle était variée et changeante de manière régulière. Lorsqu'un job ne lui convenait plus, il donnait sa démission et en retrouver un autre ensuite.

Ils adoraient se retrouver tous les cinq. Ils étaient à la fois très différents mais tellement proches.

Ce soir-là, les discussions étaient variées, Michael et Stefan étaient les seuls mariés et pères de famille. Ils se faisaient chambrer, mais le salto fit volte-face vers les trois autres vus comme des célibataires endurcis.

Angelo ne cachait pas son absence de besoin de relation dans sa vie, il n'y aurait d'ailleurs pas de place pour accueillir une femme chez lui, préférant ses consoles et ses héros figurines.

Aaron lui était constamment en mouvement et préférait les relations de courte durée.

Bali, lui était cependant la bonne cible. Il n'avait en effet presque aucune excuse pour justifier son célibat. Il était beau garçon, avait une situation stable et potentiellement du temps pour avoir une femme dans sa vie.

N'aimant pas aborder ce sujet, il préféra basculer le sujet du travail en demandant à Michael si les affaires tournaient bien pour lui. Ce dernier était fier des derniers résultats qu'il obtenait et du dernier contrat qu'il avait pu signer.

Bali, qui eut une petite moue, avoua que la période était creuse en ce moment et que le contexte était particulier. Il dit d'un ton humoristique :

— Tous les gens veulent écrire désormais ! Depuis que tout le monde sait que J.K. Rowling vivait dans un deux-pièces avant de faire fortune, les gens se sont dit qu'ils allaient devenir écrivains ! On reçoit des centaines de manuscrits par jour, et PAS une pépite à l'horizon ! Je commence à stagner et je perds le flair que j'avais jusque-là.

— Allez t'inquiète pas mon pote ! Les affaires vont reprendre et la perle rare finira par se retrouver au-dessus de la pile des tous tes mauvais manuscrits !

— Oui peut-être… Bon je reprends une tournée ? C'est pour moi !

Tous approuvaient à l'idée de poursuivre ce moment ensemble tout en accentuant les effets de l'alcool.

Bali se dirigea vers le bar pour prendre sa commande mais un grand nombre de clients attendaient déjà patiemment leur consommation. Il aimait l'ambiance festive, le lâcher-prise même s'il savait qu'il se lèverait le lendemain avec un mal de tête. Il riait des blagues de son voisin d'à côté pour tenter de draguer une jeune femme.

Ce soir-là, il y avait du monde et lorsqu'il passa enfin commande, pendant qu'il patientait, ses pieds furent gênés par quelque chose.

Il tenta de se baisser malgré tous les gens autour de lui. Lorsqu'il se releva, il se retrouva avec un livre dans les mains. La couverture était déchirée, il n'y avait aucune information sur le titre ni sur l'auteur, pas de code ISBN. Il feuilleta vaguement le roman et découvrit trois mots écrits à la main, il les lut.

Tout à coup, l'effet de l'alcool qui s'était propagé sur ces dernières heures s'envola. Il se dit alors qu'il tenait peut-être dans ses mains, la pépite qu'il cherchait tant…

Alice

Elle profitait de quatre jours de congés consécutifs pour se rendre à Aix-en-Provence pour aller voir Rosa qui avait, paraît-il, une excellente nouvelle à lui annoncer. Cela faisait quelques mois déjà qu'elles ne s'étaient pas revues. Depuis qu'Alice avait repris le travail, le rythme parisien défilait à grande vitesse.

A son retour de congé sabbatique, ses patrons étaient moins flexibles pour lui accorder plusieurs jours d'affilée, prétextant qu'elle avait eu toute une année pour s'accorder du bon temps.

Elle était plus que ravie de retrouver une des personnes qui comptait le plus pour elle et proposa à Camille de l'accompagner.

Elle accepta tout en précisant que c'était hors de question qu'elles y aillent en train. Elle prendrait sa Fiat 500 pour l'occasion de ce voyage.

Alice sourit en regardant sa petite sœur déterminée pour se rendre chez leur grand-mère. Elle, qui habituellement faisait le voyage seule dans les transports en commun, prenait un vrai plaisir à le faire accompagnée. Elles n'arrêtèrent pas de parler sur le trajet qui dura huit heures. Elles écoutaient leurs playlists et se disputèrent les préférences de chacune. Camille adorait la variété française tandis que sa grande sœur penchait sur le classique et le jazz. Des goûts très différents qui leur provoquaient des fous rires complices.

Après un voyage interminable, elles arrivèrent enfin à destination.

Alice sauta au cou de Mima qui la fit quelque peu basculée :

— Doucement ma chérie, tu sais je ne suis plus toute jeune !

— Mais si Mima, tu es resplendissante ! Tu as rajeuni de dix ans depuis la dernière fois où l'on s'est vues !

— N'exagère pas, mes soixante-dix-neuf ans sont bien là et mes douleurs du matin savent me le rappeler !

Mima pencha la tête vers Camille, fière de la venue de sa petite fille :

— Comment vas-tu Camille ? Quel bonheur de vous voir ensemble...

Camille sourit :

— Eh bien oui, lorsqu'Alice m'a fait part de sa visite chez toi, je me suis dit que je pouvais bien poser quelques jours pour venir profiter de ma grand-mère moi aussi.

Mima sourit et exprima une belle moue sur son visage.

— Entrez mes chéries, je vais vous présenter quelqu'un.

Elles entrèrent l'une après l'autre pour se rendre dans le salon et s'arrêtèrent net lorsqu'elles s'aperçurent de la présence d'un homme.

Le cœur d'Alice s'emballa, une sensation d'un arrêt soudain. Il était grand et très élégant, il avait une allure, une prestance. Il détenait un regard profond qui dégageait un vrai charisme tout en exprimant une douceur grâce à un sourire qui réchauffait la pièce. Alice regarda sa grand-mère qui ne lâchait pas son sourire, qu'elle avait depuis leur arrivée. Elle comprit de suite ce qu'il se passait lorsque Mima se rapprocha de cet homme qui l'enlaça par la taille.

Enlacés l'un contre l'autre, ils donnaient l'impression de ne faire qu'un. On oubliait leur âge commun à tous les deux pour ne voir que la naissance de leur amour. Le portrait était magnifique à voir. Le bonheur qu'éprouvait Alice à ce moment était immense. Elle enviait presque sa grand-mère. Elle l'avait connue amoureuse d'Armand et connaissait par cœur ses mimiques lorsque ses sentiments prenaient le dessus. Elle avait cette tendance à baisser la tête timidement en levant les yeux vers l'homme qu'elle admirait, à mettre la main pour relever ses cheveux (qu'elle n'avait plus) derrière l'oreille. Ces gestes la faisaient fondre, voyant mima comme une autre personne, plus fébrile, plus jeune…

— Les filles, je vous présente Jean.

***

— Lorsque tu es partie de la maison Alice, je me suis sentie terriblement seule. Ma solitude était accompagnée d'une douleur perpétuelle, celle dont tu souffrais concernant « l'échec » que tu as ressenti suite à la non-publication de ton roman. Je n'avais qu'un objectif : attendre que la boîte à livres qui a brûlé soit remise en état, afin de remettre l'exemplaire que tu m'as offert dedans. J'y tiens comme l'or du monde mais je préfère mille fois le savoir circuler plutôt que de le voir dormir dans ma bibliothèque. N'y vois pas là un désintérêt ma chérie.

Alice était profondément touchée à la fois de l'impact de son absence auprès de Mima, de son engagement pour sa réussite mais aussi du pauvre destin de son roman qu'elle préférait oublier.

— Je suis alors venue chaque jour dans ce parc, même les jours de pluie, assise une bonne partie de la journée sur ce banc où je priais pour que quelqu'un vienne remettre en place cette boîte. J'ai même écrit à de nombreuses reprises au maire, sans réponse de sa part. Ah celui-là... Je m'en souviendrai lors des élections.

Cette dernière remarque provoqua un éclat de rire autour de la table.

Au fil du temps, je me suis rendu compte qu'un homme charmant, *elle tourna la tête vers Jean,* se rendait lui aussi au parc. Nous avons été très intimidés pour nous échanger un premier mot, les sourires étaient plus faciles.

C'est finalement Jean qui a fait le premier pas en m'invitant à boire un thé chez lui. J'avais oublié mon parapluie et, alors qu'il faisait beau, une pluie torrentielle est venue pointer le bout de son nez. Il a couru vers moi pour m'abriter. Nous avons parcouru le chemin à pied, les bras enlacés. *Jean sourit timidement, gêné.*

Enfin, je ne vous raconte pas la suite mais depuis quatre mois, nous vivons quelque chose de merveilleux et nous avons décidé de nous marier.

Alice et Camille se regardèrent d'un air stupéfait. L'annonce d'un nouveau compagnon dans la vie de Rosa était une joyeuse nouvelle mais le mariage représentait un vrai engagement...

Camille prit la parole :

— Je comprends votre romance et je suis vraiment très contente que vous vous soyez trouvés. C'est incroyable de tomber amoureux à votre âge, et ça rend l'amour encore plus beau. Cependant, pourquoi voulez-vous marier ?

Rosa ne se démonta pas face à l'interrogation de sa petite fille. Même si Alice ne se serait pas permis de poser la question, cette dernière était néanmoins dans l'attente d'une réponse.

— Vous savez… À notre âge, on sait pertinemment que nous n'aurons plus de gros projets. Finalement, c'est peut-être la meilleure période pour prendre l'option de finir notre vie ensemble. Il nous semble que c'est une décision moins naïve que lorsqu'on se marie à l'âge de vingt-cinq ans. Nous avons vécu tous les deux des vies différentes, nous avons appris à aimer, à laisser partir, à accueillir la tristesse. Nous avons des cœurs endurcis et de bonnes fondations pour que notre histoire dure.

Alice regardait admirablement sa grand-mère qu'elle aimait plus que tout, tout en se disant que ses pouvoirs de séduction étaient nettement supérieurs aux siens. Rosa parvenait à trouver quelqu'un à presque quatre-vingts ans alors que, pour elle, l'échec était total à la trentaine. Elle ne savait pas si elle devait rire ou pleurer de sa réflexion mais ce qu'elle savait, c'est que la vie était vraiment faite de belles surprises !

Bali

Il mit le livre dans la poche intérieure de sa veste pour qu'il ne soit pas visible par ses amis. Avec la conversation qu'ils venaient d'avoir, il se serait fait chambrer à coup sûr.

Il n'était plus dans l'ambiance, ayant un sentiment quelque peu similaire comme lorsqu'on est le Sam de la soirée et que l'on se retrouve à observer ses amis amusés sous l'effet des bières et des cocktails.

Sans savoir pourquoi, il eut la sensation d'avoir trouvé un trésor et n'avait qu'une hâte, rentrer chez lui pour attaquer ce roman. Peut-être que c'était un signe du destin, il avait dû tomber du sac d'une personne qui se trouvait au bar avant lui.

Le manuscrit était dans un sacré état, on aurait pu croire qu'il avait été déchiqueté par un animal. Si on s'arrêtait à cela, l'envie de le lire aurait pu s'effacer. Bali était tellement dans le désespoir pour trouver son nouvel auteur, qu'il croyait en tous les signes liés au hasard. Il devait lire ce livre, maintenant, telle une obsession.

Il se leva et prétexta une migraine pour rentrer au plus vite. Ses amis insistèrent en lui disant qu'il était bien trop tôt pour partir, que la soirée avait à peine commencé.

Bien que gêné de devoir laisser ses amis en plan, il prit le chemin vers la porte sans prendre en compte leurs remarques. Il eut un rire euphorique, se mit à courir pour prendre le chemin jusqu'à chez lui. L'ambiance était à son comble. Il croisa du monde, des gens de toute nationalité, des séniors et des plus jeunes, des gens habillés sur leur trente-et-un et d'autres en joggings, des touristes et des locaux… La ville illuminée ne faisait qu'agrémenter le spectacle.

Il arriva dans son appartement et retrouva le calme plat pour se retrouver dans une toute autre ambiance. Il enleva son manteau qu'il jeta sur le canapé pour s'installer confortablement et sortit de sa veste sa trouvaille. Il tamisa la lumière et était enfin prêt à se plonger dans les pages encore intactes de ce mystérieux roman.

Il détermina de suite le genre sur le fil des dix premières pages et fut presque déçu de se retrouver dans une histoire à l'eau de rose, qui avait généralement, toutes le même ton et le même destin. C'est à partir du troisième chapitre qu'il fut plus attentif. Chacune des phrases lui provoquait un nouveau sentiment. Habituellement, par réflexe, il prenait des notes pour arriver à un jugement critique et en déterminer si le livre était bon ou non.

L'écriture et le ton étaient percutants, chaque mot était bien choisi, les descriptions de scène étaient intenses et émouvantes. La construction pour donner vie à ce couple de personnages fonctionnait à fond.

Il resta éveillé toute la nuit pour absorber tous les chapitres de ce roman envoutant. Pourquoi l'était-il ? Pour quelle raison ce roman le touchait autant ? Il connaissait la réponse, évidemment…

***

Arrivé à New York dix ans auparavant pour vivre son rêve

au sacrifice de sa vie privée, il dut faire une croix sur les gens qu'il aimait, ainsi que sur son identité. Il était jeune, libre, un peu naïf aussi et était prêt à tout accepter pour atteindre l'objectif qu'il s'était toujours fixé.

La scène faisait partie de sa vie depuis qu'il était âgé de huit ans. Il voulut marcher dans les traces de son père reconnu dans le métier pour sa prestance et son excellence. Lorsqu'on lui donna cette possibilité, il décida de foncer coûte que coûte sans penser que cela aurait une incidence sur sa vie personnelle. Il laissa la seule femme qui comptait à ses yeux, celle qui lui garantissait toutes les bonnes facettes de l'amour. À la fois intelligente et talentueuse, il l'admirait pour sa générosité, sa légèreté, sa beauté… L'amour qu'ils portaient l'un pour l'autre était irrationnel. Ils étaient différents mais se reliaient parfaitement tel un puzzle, pour ne faire qu'un.

Il dut changer de nom et en emprunta un pour au fil du temps oublier celui qu'il portait depuis la naissance.

La directrice artistique lui proposa un nouveau nom :

— Tu as tout ce qu'il faut. Tu es un bon comédien, tu as la bonne gueule, la bonne intonation. Cependant, ton nom ne sonne pas bien, il est trop banal. Crois-moi sur paroles, le nom peut faire la différence. Je te propose Bali. Grâce à ce surnom, tu seras connu et reconnu.

Il ne fut pas surpris lorsque sa patronne lui proposa de prendre une nouvelle identité, c'était plutôt courant dans le métier. À son niveau, c'était même plutôt gratifiant, sa carrière était enfin lancée, mais à quel prix ?

Lorsqu'il sortit de cet entretien, il fut un peu perdu et ne sut plus bien qui il était. Il savait qu'en rentrant chez lui, il deviendrait une autre personne. Devait-il être triste ou joyeux, il n'avait su comment accueillir ce sentiment étrange.

Il prit alors un de ses objets fétiches, sa casquette gavroche, qui rendait son signe distinctif pour le mettre à la poubelle. Il dit :

— Adieu Alban.

Alice

Elle passa un excellent week-end avec ses deux alliées féminines ainsi que Jean.

Elles passaient leur temps à rire lorsque Mima montra ses préparatifs de mariage, tout particulièrement les robes de mariée sélectionnées. Elles étaient élégantes certes mais iraient surtout à des mannequins d'un mètre quatre-vingts. Ce qui était drôle dans l'histoire, c'est que Rosa avait rajeuni d'au moins soixante ans. Elle paraissait plus jeune que ses deux petites filles.

— Tu sais Mima, peu importe la robe que tu porteras ce jour-là, tu seras la plus belle… dit Alice.

Elles se serrèrent toutes trois dans les bras. Jean, qui arrivait dans la pièce, interrompit la scène en exprimant :

— Et moi je suis l'heureux chanceux, je peux te garantir que je vais en faire des envieux le jour J ! Bon et si je vous invitais toutes les trois au restaurant, qu'est-ce que vous diriez ? J'en connais un succulent à deux pas de chez moi, vous m'en donnerez des nouvelles !

Toutes trois se regardèrent avec un large sourire… Jean était plein d'attentions, ce qui était touchant.

Après le restaurant, Alice et Camille décidèrent de se promener pendant que Rosa et Jean rentraient tranquillement à la maison.

— Tu crois qu'ils font encore l'amour à cet âge-là ? demanda Camille à sa sœur qui donna la sensation de la détester en lui posant cette question.

— Camille s'il te plait, évite de me poser ce genre de questions et de me donner des images quelque peu déroutantes dans ma tête !

— Franchement, moi je suis sûre qu'ils le font. Tu as vu la manière dont Jean a regardé Mima lorsqu'on a dit qu'on ne rentrait pas tout de suite ?

— Arrête Camille !

Elles éclatèrent de rire toutes les deux, amusées de ces dernières paroles échangées.

Tout en marchant, Alice confia à sa sœur que le parc où elle avait déposé son livre se trouvait à deux pas.

À la demande de sa petite sœur, Alice les guida vers cet endroit.

Face à la boîte à livres où il ne restait que cendres et empreintes noires, elles se posèrent devant comme si elles se recueillaient devant une tombe.

— Tu sais, si ça se trouve, ton livre a été récupéré avant que cette boîte ne brûle et qu'à cet instant, il est lu dans le monde entier ! encouragea naïvement Camille.

— Ne dis pas de bêtises. Tu sais je me suis résolue à ce qui s'est passé. Finalement, peut-être bien que ce fut la meilleure chose qui pouvait m'arriver. Je crois que ma petite vie tranquille me conforte. Je travaille, j'ai un salaire à la fin du mois, je me lève le matin et me couche le soir sans but précis. Ma vie manque de lumière mais je me sens en sécurité. Les rêves sont destructeurs !

— Donc tu y renonces définitivement ? Et si on parlait

justement de ce roman ? Cela fait plusieurs mois maintenant, tu as plus de recul. Je sais que ton histoire est en lien avec Alban mais qu'as-tu vraiment cherché en l'écrivant ? Tu sais j'y ai réfléchi… Tu m'as dit l'avoir écrit pour faire le deuil de ta rupture mais qui prend un an de congés sabbatiques pour écrire une histoire dont on ne se remet pas de la rupture ?

— Tu trouves cela idiot ?

— Absolument pas ! Je dis juste que, te connaissant, tu avais un but plus précis non ? Tu sais, j'ai essayé de chercher partout l'exemplaire de Mima mais cette coquine a dû bien prendre le soin de le ranger précieusement car je ne l'ai malheureusement pas trouvé.

— Quoi ?

— Non mais ne t'inquiète pas, je t'aurai tout de même demandé l'autorisation pour le lire !

Elles sourirent toutes les deux.

Voyant le réel intérêt de sa sœur pour son manuscrit, Alice décida de replonger dans ses souvenirs d'écriture pour lui partager. En réalité, elle évoqua tout simplement son unique histoire d'amour. Il était donc pour elle très simple de la lui raconter…

— Bon… Je pense que, de toute façon, tu n'as pas vraiment l'intention de me lâcher avec cette histoire. Je vais te raconter.

Alban

Il entra dans le bureau de son patron sans frapper et s'écria :

— J'ai enfin trouvé mon prochain auteur !

— Oula Bali, que se passe-t-il ? Un peu de calme. Nous ne sommes pas au marché ici et on frappe avant d'entrer, dit James tout en train de dévorer un gros burger accompagné d'un soda.

— Pardon de vous interrompre mais il faut que vous lisiez ce roman.

— OK OK je vais le lire mais s'il te plait la prochaine fois ne m'interrompt pas lorsque je mange. C'est le seul moment tranquille de ma journée.

— Oui excusez-moi, mais croyez-moi, cela en vaut vraiment la peine.

Bali s'avança vers la porte de sortie et fut interrompu par son boss :

— Bali, ne me dis pas que c'est un roman d'amour ? Tu sais que ce que le lecteur cherche, c'est du policier, du thriller, c'est ça que les gens aiment !

— Vous verrez. Et pour votre info, ce que les lecteurs recherchent, c'est l'authenticité, le transfert… Lisez-le. Croyez-moi, vous ne serez pas déçu.

Bali se dirigea vers le bureau de Michael qui lui fit la même réflexion que son patron :

— Mais tu ne peux pas frapper avant d'entrer ?

— Ah oui euh désolé.

— Qu'est-ce que tu me veux ? Je devrais m'interdire de te parler après le faux plan que tu nous as fait vendredi soir. Qu'est-ce qui t'a pris de partir comme ça ?

— J'avais mes raisons mais je ne viens pas pour ça. Est-ce que tu pourrais me prêter ton téléphone s'il te plait ?

— Pourquoi ?

— Je voudrais utiliser ton compte Facebook pour rechercher une personne ?

— Trop facile tu n'as qu'à t'en créé un. Toi qui cries haut et fort que ces réseaux sociaux sont surréels et que tu dénigres tant.

— Je sais, je ne reviens pas sur mes paroles. Cependant, c'est très important.

— Alors dis-moi en plus. Qui veux-tu retrouver ?

Bali attendit quelques secondes avant de répondre.

— Une fille.

— Une fille ? Mais encore ?

— Écoute je t'en prie, ne pose pas de questions. Je veux juste vérifier si cette personne est inscrite sur les réseaux et après je te rends ton téléphone.

Michael rechigna de ne pas pouvoir détenir plus d'informations mais comme à son habitude, il lâcha plus vite que prévu :

— Tiens et ne va pas naviguer sur des sites pornos. Natalia regarde mes historiques.

— T'inquiète, je les effacerai, répondit Alban ironiquement.

Il prit le téléphone, se connecta sur les applications déjà installées dessus : Facebook et Instagram. C'était les deux principaux réseaux sociaux que les trentenaires utilisaient, il pensait donc avoir une petite chance pour la retrouver facilement.

Il tapa « Alice Fonteneau » et tomba sur une liste de plusieurs profils ayant le même nom. Il défila toutes les personnes jusqu'à ce qu'il tombe sur une photo de profil qui l'interpella.

On la voyait de dos, assise face à la tour Eiffel, vêtue d'un débardeur vert foncé, ses longs cheveux bruns retombant sur le côté laissaient apparaître ses deux épaules. On ne voyait pas son visage, cette photo laissait peu d'indices mais il savait que c'était elle.

Il fut pris d'une émotion intense liée au lien affectif qu'il y avait eu entre eux. Cette connexion qui leur avait permis de se comprendre sans se parler, s'intensifiant avec le temps, au fil de leur relation, pour ne jamais s'arrêter enfin presque. Alban n'avait jamais éprouvé de tels sentiments pour quelqu'un.

Lorsqu'Alice prit la décision de rompre ce lien si fort, Alban eut l'impression de voir son monde s'écrouler. Il n'eut d'autres choix que d'accepter sa décision, lorsqu'elle lui avait dit mot pour mot qu'elle ne ressentait plus rien pour lui. Elle ne voulait plus le voir ni entendre parler de lui. « Sois heureux » lui avait-elle dit. Sa décision fut brutale et incompréhensible. Bali dut accepter douloureusement la poursuite de son chemin seul, sans elle. Cet obstacle était bien plus éprouvant que celui de gravir des montagnes…

Ce roman, c'était sa déclaration. Au début, il ne percuta pas tout de suite bien qu'il reconnut plusieurs similitudes qui lui donnaient des indices. Au fil des pages, les détails étaient évidents et ne trompaient pas. Alice raconta de manière poétique leur magnifique romance. Alban se rendit compte qu'elle ne le connaissait mieux que personne. Lui qui s'était cherché à plusieurs reprises, trouva la meilleure version de lui-même dans la perception de celle dont il n'avait jamais renoncé.

Elle s'était sacrifiée. Évidemment que si elle lui avait demandé de choisir entre elle et ses rêves, il n'aurait pas hésité. S'il n'était pas retourné en France après lui avoir annoncé leur rupture, c'était pour la simple et unique raison qu'il ne voulait pas souffrir davantage.

Elle l'avait toujours aimé et peut-être que si ce roman était d'actualité, elle l'aimait toujours ?

Il ne restait plus qu'à en modifier la fin…

Maintenant, il lui restait un mystère à résoudre… Que faisait ce roman dans ce bar et surtout, à New York ? Est-ce qu'Alice était dans les parages ?

Alice

Toujours assises sur ce banc, Camille écoutait attentivement sa sœur lui racontant le récit de son roman.

— (…) Lorsque Alban m'a demandé de le rejoindre, j'ai eu peur. Au détriment de notre relation, j'ai décidé de rompre. Je voulais le voir heureux en accomplissant son rêve et j'avais la sensation que je serai un fardeau à terme pour lui. Je savais que si je lui avais dit la vérité, il aurait pris la décision de revenir en France, pour rester avec moi. Que serait-il devenu ? Un être sans âme ? Son métier, c'était sa vie.

— Alice, tu comptais beaucoup pour lui aussi…

— Oui, je n'en ai aucune incertitude mais Alban, c'était quelqu'un d'entier. Il n'aurait pas été heureux ici, il n'était pas destiné à cette vie simple. Il lui fallait de la couleur, de la vie. À New York, je suis sûre qu'il a trouvé tout cela. Il doit être désormais accompagné d'une artiste comme lui, à la hauteur… Il lui fallait quelqu'un de peu banal, mais il ne le savait pas lorsqu'on était ensemble.

— C'est-à-dire ? Je ne comprends pas Alice. Tu as l'impression d'être une fille quelconque et donc tu as laissé partir l'être qui comptait le plus pour toi parce que tu ne te sentais pas assez bien pour lui ?

— Entre autres… Lorsqu'il m'a annoncé qu'il voulait partir, j'ai ressenti un vrai sentiment d'infériorité. Comme si je n'étais pas capable d'avoir de rêve. À l'époque, tu m'aurais posé la question sur ce qui m'aspirait dans la vie ? Je t'aurai répondu « Aller me promener, boire un thé avec des amis, lire un livre, regarder un téléfilm de Noël… » Tandis que lui t'aurait annoncé « parcourir le monde, aller voir une exposition en hommage à Lucian Freud, se rendre au théâtre pour voir jouer les comédiens dans Face au Paradis… ». Je n'étais pas celle qui lui convenait, il méritait mieux que moi et il ne s'en rendait pas rendu compte.

— Mais arrête de dire n'importe quoi. Tu es une fille super intelligente, il s'en moquait des autres. C'est toi qui le rendais heureux. Tu as cherché à le recontacter ?

— Non. J'ai tenté de le retrouver sur internet mais je n'ai rien trouvé. Il n'a laissé aucune trace de son existence. Ma dernière requête remonte à la semaine dernière.

— Alice, c'est l'histoire la plus triste que je n'ai jamais entendue.

Cette dernière sourit déplorablement et poursuivit :

— C'est pour cette raison que j'ai écrit ce roman. Une publication m'aurait peut-être permis de le retrouver. Je rêvais de ce moment où il serait passé devant une librairie, interpellé par mon roman. Malheureusement, ça n'arrivera pas. Un échec de plus !

Camille regarda sa sœur avec beaucoup de compassion. Elle trouvait injuste au vu de la beauté de cette histoire que la fin soit aussi triste. Elle voulait faire quelque chose pour elle, lui dire qu'elle avait la solution pour retrouver Alban.

Cependant, il fallait se mettre à l'évidence : le retrouver était presque un combat de toute une vie.

Alban

— Entre Bali, assieds-toi. Non avant, referme la porte, merci, lui dit son patron.

Après qu'il fut assis, Alban commença la conversation :

— Vous vouliez me voir ?

— Oui en effet. Bon on ne va pas passer par quatre chemins. Son visage resté fermé, regard franc, renversé en arrière dans le fond de son fauteuil, il était quasiment impossible de savoir si c'était une bonne ou une mauvaise nouvelle. J'ai étudié le roman que tu m'as passé et je dois t'avouer que ce genre n'est pas trop ma came. Cependant… *Il prit le temps de marquer un arrêt.* L'histoire est juste incroyable ! Il va cartonner ! J'adore la fin !

Alban fut surpris de l'enthousiasme de son patron notamment lorsqu'il évoqua la fin que lui trouvait abominable.

— Je te le dis, on a un best-seller là ! On va refaire grimper nos ventes ! Tu peux contacter l'auteur aujourd'hui ?

— Euh… Ça risque d'être compliqué.

— Quoi compliqué ? Pourquoi compliqué ?

— Eh bien, l'exemplaire que je vous ai donné, c'est tout ce que j'ai de l'auteur. Il n'y a rien d'autre.

— Bali si c'est une blague, elle ne me fait pas rire du tout.

Alban n'aimait pas le ton de son patron et savait que s'il répondait par la négative, la situation pourrait devenir compliquée. Il chercha ses mots puis spontanément répondit :

— Mais oui c'est une blague, je prépare le contrat cet après-midi.

— Parfait, c'est le timing que j'allais te donner de toute façon.

— Ah ?

— Oui, demain soir je pars en vacances. Merci de me déposer le contrat ce soir. Comme ça, le lancement de la publication et de la com sera garanti avant mon départ. Tu sais Bali, je suis fier d'avoir un collaborateur comme toi à mes côtés. Cela faisait bien longtemps que je m'étais pas entouré de quelqu'un d'aussi talentueux. Tu as un don pour trouver les perles rares. Tu es un peu mon ange gardien tu sais ?

— Merci mais je ne fais que dénicher des talents. Vous savez, je ne fais pas grand-chose.

Alban n'était pas très à l'aise avec les gens qui en faisaient des tonnes pour complimenter les autres.

— Justement c'est un vrai don ! Tu as un avenir prometteur, crois-moi… Il se leva et prit sa veste. Bon, je ne te mets pas à la porte mais je dois te laisser, j'ai un petit creux. Je vais aller m'acheter un donut.

Avant qu'il ne sorte, il précisa à Alban qu'il voulait le contrat signé sans faute sur son bureau avant son départ en vacances.

Alban lui confirma d'un sourire qui sonnait faux, suivi d'un hochement de tête.

Il ne lui restait plus qu'à trouver une aiguille dans une botte de foin, dans un temps imparti…

Un peu plus tard dans la journée, alors qu'il se dirigeait vers la sortie, il croisa Michael, qui le prit par l'épaule :

— Alors mon Bali, on me cache des secrets ?

— Comment ça ?

— Je viens de croiser le boss et il m'a dit que tu allais faire monter la boîte grâce à une merveilleuse trouvaille ?

— Oui enfin ne nous emballons pas. Si je te raconte toute l'histoire, tu vas halluciner.

— Ah ben ça tombe bien, j'allais partir et je comptais rentrer à pied. Tu vas me raconter tout ça !

— Alban regarda son ami d'un air dépité.

— Allez, raconte-moi dans les grandes lignes !

Ils sortirent du bureau et Alban commença à expliquer le contexte à Michael.

— Bon. Alors tout d'abord, je vais te raconter la plus belle histoire de toute ma vie, celle qui m'a beaucoup appris, la seule dont j'ai vraiment été amoureux… Alice. J'espère que tu as un peu de temps devant toi ?

— J'ai tout mon temps.

Michael et Alban se rendirent dans le café le plus proche où ce dernier se lança dans une grande discussion qui commença par sa plus belle rencontre.

— (…) Ce roman, c'est le sien.

— Je crois que c'est la plus belle histoire d'amour que je n'ai jamais entendue, mon gars ! Mais comment peux-tu être sûr que ce roman, ce soit vraiment elle qui l'ait écrit ?

— Je le sais. C'est notre histoire, nos endroits mythiques, notre rencontre, notre rupture, tout… Et surtout, c'est elle. Sa manière douce d'aborder les choses, de les raconter avec délicatesse.

— Bon OK. Le meilleur moyen de la retrouver, c'est de la rechercher sur internet.

— J'ai essayé avec ton téléphone l'autre jour. Mais aucun moyen de la contacter. Son compte paraît désactivé.

— Bali, on est au 21e siècle et tu vas me faire croire que

ton Alice est introuvable ? Bon a-t-elle de la famille ? Des parents ? Un frère ? Une sœur ? Où travaillait-elle ?

— Oui mais eux non plus, je ne les ai pas retrouvés sur internet.

— Il faut que tu ailles à Paris. Elle doit toujours y être d'après ce qu'elle décrit dans son livre et là tu pourras enquêter chez ses anciens patrons, propriétaires, amis... Tu trouveras forcément un indice.

— Tu sais très bien que je n'ai pas de congés et le boss ne m'en accordera jamais. Je dois tenir la boutique durant ses vacances...

— Ah oui c'est vrai... Et bon le connaissant, il ne t'en donnera pas tout de suite.

Michael faisait mine de réfléchir avant de s'esclaffer :

— J'ai une idée !

— Dis-moi !

— Mais oui ! C'est une idée de génie. Ton Alice, si elle a écrit ce roman, c'est pour qu'il soit publié !

— Et ?

— On va signer le contrat pour elle.

— Non non, je te vois venir. Nous n'avons pas le droit de faire ça. Déjà c'est interdit, je ne vais pas te faire le détail de ce qui nous incombe en usurpant une identité mais en plus, je ne voudrais pas trahir Alice. Cette initiative serait injuste.

— Arf, je trouvais que c'était une bonne idée.

Alban réfléchit avant de dire...

— Mais oui c'est ça ! Je dois y aller mais merci mon ami !

— Quoi ? Mais où vas-tu ?

Alban se leva avant de courir rapidement vers la sortie du bar laissant son ami en suspens...

Deux mois plus tard

Alice

— Alice !

— Oui je suis là, j'arrive.

— Dépêche-toi, on va être en retard ! Le dîner commence à vingt heures. Élodie m'attend déjà et Guillaume aussi.

***

Après leur séjour à Aix-en-Provence, Camille s'était hâtée de rechercher Alban sans la permission d'Alice. Cette dernière avait alors supplié sa sœur d'arrêter avec cette histoire et lui proposai en échange de l'aide pour rencontrer quelqu'un. Elle s'était résignée à cette histoire et voulait aller de l'avant, ne plus vivre dans le passé. Elle était désormais prête à ouvrir son cœur à quelqu'un d'autre et entamer un nouveau chapitre, peut être un roman à succès.

Camille connaissait beaucoup de monde. Trouver un prétendant à sa sœur était une mince affaire. Elle avait pris le temps de bien sélectionner son entourage et avait finalement craqué pour le frère d'une amie qui venait de se séparer après une longue relation. Il cochait toutes les cases : grand, sportif, brun aux yeux bleus, timbre de voix charmant. Il était chef de cuisine, ce détail faisait fondre n'importe quelle fille. Camille savait déjà qu'il plairait à sa sœur.

***

Alice prit le temps de se préparer. Cela faisait bien longtemps qu'elle n'avait pas eu de rancard. La dernière fois qu'elle s'était faite belle, ce fut l'année d'avant lorsqu'elle se rendit au restaurant avec sa grand-mère.

Elle mit une robe noire moulante et des escarpins de la même couleur. Elle releva ses longs cheveux bruns pour les attacher en chignon en prenant soin de laisser quelques mèches retombées sur son visage. Elle mit un rouge à lèvres de couleur rouge afin d'avoir un accord parfait avec le trait de liner qu'elle avait déposé sur ses yeux. Le résultat lui plaisait, elle se trouvait jolie, sexy, ténébreuse.

C'était la première fois qu'elle allait rencontrer Guillaume, celui dont lui avait tant parlé sa cadette.

Lorsqu'Alice sortit de la salle de bain pour rejoindre Camille, cette dernière fut époustouflée.

Elle lui certifia que si elle n'avait pas été sa sœur, elle l'aurait épousé sur-le-champ.

— Tu es sublime ! lui dit-elle avec une voix pleine d'émotion.

— Tu trouves ? répondit Alice avec un sourire gêné.

— Oui vraiment. Tu vas lui plaire… Aucun doute là-dessus. Je pense que n'importe quel homme va se retourner sur toi ce soir.

— On verra bien écoute. Bon en tous cas, je suis prête. Dix-neuf heures trente, tu vois je ne suis pas en retard. C'est bien à vingt minutes à pied ?

— T'es sérieuse ? On va prendre ma voiture.

— Oh non s'il te plait Camille. Ça me détendrait de marcher. Je suis quelque peu stressée par ce rendez-vous et un peu d'exercice ne nous fera pas de mal.

— Parce que t'appelles ça de l'exercice, de marcher vingt minutes ? lui dit-elle ironiquement.

— Allez arrête de te moquer. C'est toi qui vas finir par nous mettre en retard.

Elles descendirent dans la rue et activèrent le pas pour se rendre au lieu de rendez-vous.

Les deux sœurs n'étaient pas à l'abri des regards, elles étaient belles, joyeuses, complices. Elles ne l'avaient jamais été autant. Sur le chemin, elles se racontèrent des anecdotes de la semaine qu'elles venaient de passer. Il y en avait des drôles et des moins amusantes. Camille enchaina sur un cauchemar terrible qu'elle avait fait la nuit dernière et demanda à sa sœur quel était le pire qu'elle avait pu faire dans sa vie. Cette dernière s'écroula de rire et lui parla de celui qu'elle fit avant son arrivée dans le sud, sur une romance entre elle et Alban, une grossesse… À la fin de son récit, elles eurent un fou rire contagieux toutes les deux.

— Avoue, tu as été ravie quand tu as appris que j'étais lesbienne !

— Un peu c'est vrai…

Presque au moment d'arriver, Alice tourna la tête devant une boutique et fut stoppée net par la vitrine.

Des éclats de rire qui résonnaient dans la rue, prenait place un long silence.

Comment était-ce possible ?

Camille regarda sa sœur et fut intriguée par sa réaction.

— Que se passe-t-il Alice ?

Aucune réponse ne venait. Elle détourna alors la tête vers l'objet que regardait Alice et n'en revint pas elle non plus.

« Jusqu'à toi », signé Alice Fonteneau se trouvait placé en tête de vitrine dans cette librairie cotée du quartier.

— C'est ton livre ?

— Oui je crois. Mais ce n'est pas possible qu'il soit là. Camille, tu y es pour quelque chose ?

— Non, je te jure que non. Et pourtant, dieu sait que j'aurai bien aimé… Viens, on entre.

Alice se laissa trainer, toujours stupéfaite de ce qu'elle venait de voir.

— Bonjour Monsieur,

Camille n'eut pas le temps de terminer sa phrase que le vendeur lui disait qu'ils fermaient boutique et qu'il fallait revenir demain.

— Non s'il vous plait, c'est très important, nous n'en aurons seulement pour une minute.

— Eh bien nous ouvrons demain à 9 h, vous aurez tout le temps qu'il vous faut. Mais là, nous fermons.

Alice vint au vif du sujet pour aller à l'essentiel.

— Excusez-moi monsieur, en fait nous aurions juste une question au sujet du livre qui se trouve dans votre vitrine, « Jusqu'à toi ».

— Que voulez-vous savoir ?

— Eh bien… Elle regarda sa sœur, ne sachant pas trop comment aborder sa question sans que son interlocuteur ne la prenne pour une folle.

Tout à coup, une dame d'une cinquantaine d'années sortit de la réserve pour se présenter vers elle.

— Vous êtes Alice ?

Les deux sœurs se regardèrent et répondirent en même temps :

— Euh oui.

La dame s'approcha vers le livre qu'elle attrapa pour le donner à Alice :

— Vous êtes enfin arrivée. Tenez, il est pour vous.

Alice regarda attentivement l'exemplaire, le contempla et vit que ce n'était pas un de ses ouvrages, il avait été publié autre part (l'adresse parue provenait de New York).

— Je ne comprends pas. Comment vous êtes-vous procuré ce livre ?

— Ouvrez-le.

Alice ouvrit le livre et découvrit un petit mot : « Chère Alice, la fin était trop triste, je me suis permis de la modifier. Je suis très intéressé pour vous proposer un contrat. Si vous souhaitez retrouver l'original, retrouvez-moi tout simplement. Voici l'adresse : quelque part dans Central Parc à New York. Et oui, votre livre est arrivé jusqu'à moi (drôle de coïncidence en rapport avec le titre que vous avez choisi). Je vous joins un billet d'avion, modifiable à tout instant. Je vous attends. Un mystérieux inconnu. »

Alice n'en croyait pas ses yeux. Elle regarda sa sœur et ne comprit absolument rien de ce qui lui arrivait.

Son livre avait finalement été récupéré dans la boîte à livres avant de brûler, il avait voyagé jusqu'à New York et un éditeur était intéressé pour le publier. Elle avait bien laissé son nom et son prénom sur la couverture mais comment ce mystérieux inconnu avait su qu'elle passerait devant cette boutique ? Ce n'était forcément pas le coup du hasard. Peut-être sa grand-mère qu'elle imaginait capable de mener ciel et terre pour arriver à ses fins ? Ses parents pour essayer d'améliorer leurs rapports ? Ses amis dont elle n'avait plus de nouvelles ?

Elle devait savoir. Cela faisait bien longtemps qu'elle

n'avait plus espoir en quelque chose, qu'elle avait oublié le goût de la vie. En recevant ce message, elle ne pouvait imaginer qu'une belle surprise.

Elle se tourna vers Camille et lui dit :

— Je suis désolée, je ne peux pas venir à ce dîner.

Cette dernière sourit :

— Évidemment que tu ne vas pas venir ! On file chez toi récupérer une valise et je t'emmène à l'aéroport !

Elles coururent main dans la main, aussi excitée l'une que l'autre. Alice était sur un nuage dont elle ne voulait pas redescendre.

***

Après avoir attendu quelques heures dans le hall de l'aéroport, elle s'installa confortablement dans l'avion. Alice profita de l'instant pour se replonger dans son roman et y redécouvrir la fin de ce mystérieux inconnu.

Elle ouvrit donc son livre, le feuilleta soigneusement pour se rendre au dernier chapitre retravaillé. Elle commença à lire les premières pages et découvrit sans surprise une autre version. Elle constata malgré l'écriture qui n'était pas la sienne, que le style était similaire au sien. Les mots employés, les scènes décrites auraient pu ressembler à la romance qu'elle avait vécue. Plus les pages défilaient, plus elle y voyait une réelle évidence. Cette fin était plus joyeuse, en concordance avec le reste de l'histoire. Elle employait le même ton, avec la même pointe d'humour. Elle eut l'impression que cette mystérieuse personne qui se cachait derrière cette énigme ne la connaissait mieux que n'importe qui.

Elle lut d'une traite ce dernier chapitre et ressentit un

mélange d'émotions. Elle eut un sourire, suivi d'une larme. Elle imagina le temps d'un instant que cette personne puisse être celle à qui le livre était destiné avant de se dire que le hasard ne pouvait pas être aussi décisif pour l'amener vers lui.

Elle connaîtrait bientôt son identité. Elle posa sa tête contre le rebord du hublot et plongea dans un sommeil en s'échappant vers ses souvenirs qui la menaient vers Alban.

Un mois et demi avant

Alban

Alban trouva une excuse auprès de son boss pour prolonger le délai. Ce dernier rechigna un peu avant d'accepter suite à la promesse d'un succès mondial. Alban avait un vrai don pour réciter les choses, doté d'un vocabulaire pertinent qui rassurait, avec un vrai talent pour convaincre.

Il prit le temps de relire le roman, sous une autre forme. À l'inverse de la fois d'avant, il savait dès le départ que l'écrivain n'était autre que la personne qu'il aimait tant. Il ne connaissait pas l'identité de ceux ayant laissé une critique, mais il était plutôt d'accord avec l'ensemble. Il décida donc de retravailler le dernier chapitre pour imaginer une fin qui leur ressemblait, une clôture qu'il voulait théâtrale.

Il mit environ une semaine avant de rendre un résultat propre, à la hauteur de ce roman.

Il relut le livre entièrement, eut l'impression de le connaître par cœur. Il aurait pu le réciter sans en oublier aucun passage.

Il se rappela que dans les critiques des lecteurs, la première raconta qu'elle avait trouvé le roman dans une boîte à livres. Il en déduisit donc que c'était certainement Alice qui l'avait déposé à l'intérieur. Peut-être que tout avait commencé par là.

Il composa le numéro de Martine, une de ses anciennes

amies qui lui devait un service. En effet, il en avait rendu un gros à son neveu qui avait voulu se rendre à New York pour intégrer la troupe dont il faisait partie à l'époque. Il lui avait été d'une grande aide.

Lors de ses études, Alban travaillait tous les samedis dans la librairie gérée par Martine. Cette dernière s'était prise d'affection pour lui. Il était à la fois mature, passionné, curieux… De véritables qualités qui savaient se faire apprécier. Il l'avait séduit par sa culture et sa qualité de travail. Il était un très bon élément au sein de sa boutique.

Lorsque Alban démissionna, ils restèrent en contact et bien qu'ils s'appelaient guère souvent, ils avaient toujours le même plaisir à se retrouver par le biais d'appel téléphonique ou par texto.

Martine n'hésita à aucun moment quand Alban lui demanda ce service qu'elle prit à cœur dans l'immédiat. Il lui raconta dans les grandes lignes ce qu'il s'apprêtait à faire pour reconquérir son grand amour. Elle en lisait des romans, mais elle n'avait jamais entendu plus belle histoire que celle qu'elle venait d'entendre.

Elle écouta attentivement le déroulement du plan et assura à son ancien employé qu'il allait fonctionner. Elle n'était pas peu fière de jouer un rôle dans cette magnifique histoire.

Il lui envoya le roman qu'il avait lancé en impression accompagné d'un petit mot et d'un billet d'avion.

Il n'avait plus qu'à attendre.

***

Un mois et demi après

Alban était à la salle de sport, pratiquant du gainage après avoir couru quarante-cinq minutes sur le tapis. Il enleva son tee-shirt et constata que les résultats commençaient à faire son effet. Il remarqua deux femmes au loin, en train de le reluquer, provoquant des rires lorsque son regard se tourna vers elles.

Cela le fit sourire.

Il ne prêtait pas vraiment attention à son apparence mais il ressentait depuis quelques mois, de vraies améliorations sur ses conditions physiques. Il était moins fatigué, moins essoufflé, mieux dans sa tête aussi.

Il avait repris son rythme de vie et se sentait bien. Il pensa tous les jours à Alice et espérait vivement qu'elle passe devant cette librairie. Et si ce jour n'arrivait jamais ? Il n'avait pas la réponse, mais il était sûr que le destin les ramènerait l'un à l'autre.

Il se dirigea vers les vestiaires, prit une douche très froide (il avait entendu que les effets étaient bons pour le corps et l'esprit) et alla vers son casier afin de récupérer ses affaires. Il sortit d'abord ses vêtements et ses chaussures qu'il déposa délicatement sur le banc. Son téléphone émit un son signalant l'arrivée d'un SMS.

Il le récupéra sans attendre et découvrit :

« Bonne nouvelle, le plan est lancé ! »

Le message provenait bien évidemment de Martine. Il eut le cœur qui se mit à battre très fort, suivi d'une montée d'adrénaline.

Il appela son amie dans la foulée.

Lorsqu'elle décrocha, il ne lui laissa même pas le temps d'émettre une parole :

— Tu l'as vue ?

— Oui à l'instant. Elle était accompagnée de sa sœur et elle a décliné un rendez-vous pour courir à l'aéroport.

— Quoi ? Es-tu sûre que c'était bien elle ?

— Affirmatif. Aucun doute là-dessus.

Je les ai observées lorsqu'elles sont sorties de la boutique. Si tout se passe bien, demain tu pourras retrouver ta bien-aimée.

Alban ne revenait pas du succès du plan qu'il avait monté. Dans quelques heures, il serait auprès d'elle.

— Quelle heure est-il en France ?

— Vingt heures passées.

— OK je vais regarder les horaires des vols.

— Déjà fait. Elle n'a eu d'autres choix que de prendre celui de demain qui a lieu à dix heures.

— OK. Donc si mes calculs sont bons, elle devrait être à l'aéroport demain vers dix heures heure new-yorkaise. Je crois que je vais faire une attaque.

— Allez, Alban, maintenant c'est à toi de jouer. Tu as toutes les cartes en main dès à présent.

— Merci Martine.

— Non, c'est moi qui te remercie. Cela faisait bien longtemps que je ne m'étais pas autant amusée. Et dernière chose, je veux être le premier distributeur de ce merveilleux roman, j'espère que tu t'en souviendras.

— Ah ça ne dépendra pas que de moi. Je vais essayer, dit-il accompagné d'un sourire.

Alban raccrocha et garda un air plein de détermination.

Alice

Après sept heures de vol, elle se dirigea vers la sortie après avoir récupéré sa valise. Elle revint tout à coup à une réalité qu'elle n'avait pas prévue. Personne ne l'attendait, mis à part au lieu de rendez-vous qui se trouvait à central park. Elle se demanda comment elle allait pouvoir gérer toute la partie logistique afin de s'y rendre. Elle avait oublié le petit détail de la langue et regretta immédiatement de ne pas avoir été plus attentive aux cours d'anglais.

Elle tenta de provoquer une discussion auprès d'un employé de l'aéroport :

— Hello, I want to take a taxi to go in a central park, It is possible ?

Ce dernier eut l'air de comprendre sa demande et lui fit signe avec le doigt, la direction de la file d'attente pour prendre un taxi.

Alice eut un air décontenancé mais non désapprobateur. Son téléphone sonna :

— Oui allo ? Mima !

— Camille m'a dit que tu avais retrouvé ton livre dans une boutique et que tu étais à New York ? C'est vraiment vrai ?

— Oui Mima. Je n'ai pas le fin mot de ce qui se passe pour te dire la vérité mais mon roman a à priori voyagé jusque-là. Cette histoire est incroyable… Tout comme ma venue ici.

— C'est génial ma chérie. Enfin une chose merveilleuse qui t'arrive !

— Oui, enfin je te confirmerai après ma rencontre avec ce mystérieux inconnu. Pourvu que ce ne soit pas un psychopathe !

— Arrête d'être défaitiste ma petite fille. Je suis sûre que quelque chose de fantastique t'attend dans cet immense parc dont je n'ai pas eu la chance de visiter.

— Eh bien écoute, je te dirai ça quand je l'aurai vu. Je suis sûre qu'on en fait des tonnes sur ce lieu mythique et qu'au final, il ressemble aux espaces verts que l'on retrouve partout en France.

— Alice, accorde-toi enfin d'être heureuse. S'il te plait, fais ça pour moi.

— Hum…

— Alice ?

Tout à coup, elle vit au loin un homme avec une affiche levée en l'air avec en inscription son prénom dessus.

— Alice ?

— Attends Mima, je te rappelle. *Elle raccrocha.*

Elle s'avança vers un homme qui devait être âgé d'une trentaine d'années et elle engagea la conversation :

— Bonjour ?

— Madame, que puis-je faire pour vous ? À moins que vous ne vous appeliez Alice, je ne peux pas faire grand-chose. *Il parlait français avec un fort accent américain.*

Elle sourit et affirma que c'était bien son prénom.

— OK donc tu t'appelles Alice et tu es française donc c'est bien toi que je viens chercher. Tu n'as que cette valise ?

— Euh, oui. Mon départ fut… Instantané.

L'homme prit la valise des mains d'Alice et lui demanda si le voyage s'était bien passé.

— Très bien merci mais à qui ai-je l'honneur ?

— Elle ne savait pas trop si le message qu'elle avait reçu provenait de lui.

— Pardon, oui désolé si je t'ai fait peur. Je suis Michael et je suis missionné pour t'accompagner à Central Park.

— Missionné ?

— Missionné. Répondit Michael d'un air insignifiant comme s'il détenait un lourd secret sans avoir l'intention de lui en dévoiler.

Alice comprit de suite que ce Michael était un vrai personnage.

Elle le suivit sans méfiance.

Il parlait beaucoup dans la voiture mais elle n'écoutait pas vraiment, plus interpellée par le paysage qui défilait. Le dynamisme était assez proche de celui de Paris, mais en plus grand. Tous les taxis jaunes n'étaient pas une légende, elle en croisait une multitude. Au fil du trajet, elle commença à apercevoir les buildings tant réputés de cette mythique ville. Elle sourit, découvrant kilomètre par kilomètre, l'endroit où elle aurait pu vivre quelques années auparavant.

Le trajet dura une bonne heure avant d'arriver à destination. Elle se sentit épuisée mais plus déterminée que jamais.

Arrivés à destination, Michael se gara et lui ouvrit la porte :

— Madame est arrivée.

Elle sortit de la voiture, observa au loin, de gauche à droite.

— C'est immense, où dois-je me rendre ?

— Ne t'en fais pas. Lorsque tu arriveras à destination, tu sauras.

Michael retourna vers la porte d'avant ajoutant avant de partir :

— Amuse-toi bien !

Ce à quoi Alice répondit avec un volume bas :

— Merci.

Elle se retrouva seule dans cet endroit inconnu, entouré de nombreux passants. Il était presque midi et elle s'aperçut qu'elle n'avait rien dans le ventre depuis la veille. Pourtant, il était hors de question qu'elle mette en suspens sa requête pour s'alimenter. Elle se mit en marche et commença à déambuler dans Central Park. Il était fréquenté mais juste ce qu'il fallait. Elle croisa des joggers, des mamans promenant leur enfant en poussette, des étudiants, des couples…

Elle observa tout autour d'elle, attentive au moindre détail qui pourrait lui être un indice. Elle vit des écureuils et fut surprise qu'ils ne s'éloignent pas lorsqu'elle s'approcha auprès d'eux. Elle s'amusait de voir un enfant jouant en leur tendant la main vers leur museau. Elle poursuivit son chemin et s'arrêta devant un match de baseball animé par un groupe de collégiens. Alice n'y connaissait pas grand-chose dans ce sport, mais comprit rapidement les règles et fut impressionnée par la puissance du jeu des participants. Après environ quinze minutes d'observation, elle fut prise d'un étourdissement. Il fallait qu'elle s'assoie, elle sélectionna le banc le plus proche d'elle, déjà occupé.

La personne qui s'y trouvait, la trouvant pâle, lui demanda :

— Tout va bien madame ?

— Oui oui merci. J'ai juste besoin de m'asseoir et de manger quelque chose. Mon ventre est vide depuis un petit moment et mon corps commence à me le rappeler.

La dame sortit immédiatement une barre de céréales qu'elle lui tendit.

— Oh non non, je vous remercie. C'est très gentil mais je vais aller m'acheter quelque chose.

— Mangez ! lui dit-elle d'un ton à la fois ferme et tendre. Vous allez faire un malaise, vous êtes toute pale.

— Merci madame, vous me sauvez la vie.

Toutes deux sourirent.

Après la première bouchée qu'elle prit le temps de macher, Alice demanda :

— Vous êtes française ?

— Je… Je n'ai pas vraiment de nationalité. J'ai vécu à plusieurs endroits mais maintenant je vis là. J'aime venir ici, à ce même banc.

— Ça fait longtemps que vous vivez ici ?

— Quelques mois. C'est un peu mon moment à moi quand je viens dans ce parc. Je m'y sens libre.

Alice ferma les yeux le temps d'un instant et avait l'impression de ressentir la même chose. Il se dégageait un soupçon de bien être, un vent de liberté.

— Et vous, que faites-vous ici ?

— Oh, si je vous racontais toute l'histoire, vous ne me croiriez pas. Mais je suis là pour retrouver quelqu'un.

— Oh et vous venez de France pour voir cette personne ?

— Oui en effet. C'est un peu fou non ?

— Non. C'est qu'elle doit beaucoup compter pour vous ?

— Eh bien… En réalité, je ne sais pas qui c'est.

— Sérieusement ?

— Oui enfin, c'est une longue histoire.

— Si vous avez parcouru tous ces kilomètres, c'est que vous avez mesuré l'importance de cette rencontre, n'est-ce pas ?

Alice sourit :

— Oui, le jeu en vaut la chandelle.

Les deux femmes se regardèrent en souriant.

— Si c'est le grand amour, foncez ! Vous savez, croyez-moi, celui-là on ne le vit qu'une fois !

— L'avez-vous connu ?

— Oh oui… Et j'ai eu beaucoup de chance car il a duré longtemps. Grâce à lui, je sais que je le rejoindrai au paradis.

Alice sourit.

— Comment le sait-on si c'est le bon ?

— On le sait, c'est tout.

La dame se leva :

— Je dois y aller, j'ai été ravie de faire votre connaissance mais promettez-moi que la prochaine fois, lorsque vous vous apprêtez à sortir sans manger, glissez au moins un peu de sucre dans votre sac à main. Une hypoglycémie peut provoquer des malaises !

— C'est noté et c'est promis. Encore merci ! Au fait, je m'appelle Alice.

La dame lui sourit :

— Ce fut un plaisir Alice, moi c'est Amina.

Puis elle repartit.

Alban

Il reçut un coup de téléphone de son ami Michael :

— C'est bon je l'ai déposé, je suis face au musée de l'histoire. Elle doit être dans les parages.

Alban fut excité et à la fois interrogateur du moment qui s'était déroulé dans la voiture.

— Comment elle est ?

— Attention la bombasse, tu l'as dénichée où celle-ci ? Je peine à croire qu'elle a été amoureuse de toi !

— Bon s'il te plait sois sérieux.

— Belle. Très belle même. Et mystérieuse aussi. Elle n'a pas été bavarde sur le trajet. Après, peut-être que j'ai trop parlé. Tu sais, j'ai un peu comblé les blancs et tu me connais quand c'est comme ça, je suis un moulin à paroles…

— Bon tu me raconteras plus tard. Je l'attends à l'endroit précis.

Michael allait raccrocher, mais fut interpellé par Alban :

— Hey merci mon pote, t'as vraiment géré.

Ce dernier eut un sourire fier, ravi de la remarque de son ami.

Alban attendit patiemment Alice. Dans quelques minutes, il la retrouverait enfin.

Alice

Elle passa de très nombreuses minutes dans ce parc, ne parvenait pas à trouver de repères, impressionnée par l'immensité de ce fameux poumon vert de New York.

Elle profitait pleinement de ce panorama exceptionnel.

Elle arriva devant la monumentale fontaine de Bethesda, la plus belle de Central Park. Puis elle se dirigea vers le Bow bridge dont elle avait tant entendu parler. Elle vit des couples dans des barques, provoquant un moment qu'elle trouva romantique. Il y avait des femmes qui posaient devant des photographes avec des tenues dignes de faire la une de journaux. Se trouvaient également des futurs mariés immortalisant ce moment par une multitude de clichés. L'endroit s'y apprêtait, il dégageait un voile d'amour envoutant.

Tout à coup, un enfant lui tapa dans le dos, elle se retourna et se demanda ce que ce garçon âgé d'environ une dizaine d'années lui voulait.

Il lui donna un papier sans dire un mot, accompagné d'un sourire, et lui montra du doigt la direction qu'elle devait prendre. Cela faisait environ une heure qu'elle était ici et elle fut ravie de se procurer d'un indice supplémentaire, qui la rapprochait de son objectif.

Le garçon se mit à courir dans la direction inverse.

Elle ouvrit le petit papier :

« Alice, vous êtes presque arrivée au lieu de rendez-vous. Prenez la direction qui vous a été indiquée par un de mes associés. Si vous ne vous perdez pas, vous me retrouverez dans environ cinq minutes. »

Son cœur se mit à battre très fort. Tout un mélange d'émotions se contredisait en elle.

Elle se mit à marcher d'un pas hésitant tout en regardant l'heure sur son smartphone. Il était affiché midi trente, elle n'avait plus qu'à reprendre le pas.

Elle ne lâcha pas son écran durant toute la marche. Elle croisa de nombreux spectacles de rues. Des acrobates, des groupes de musique…

Les minutes défilaient… Treize heure trente, trente et une, trente-deux, trente-trois, trente-quatre, trente-cinq…

Elle s'arrêta et regarda tout autour d'elle.

Soudain, elle vit un arbre immense derrière un objet qu'elle reconnaissait parfaitement. Elle comprit de suite que c'était le lieu du rendez-vous, elle s'approcha.

Arrivée au point, elle se mit à sourire. Ce jeu lui plaisait davantage. Elle fut prise d'une émotion forte, très intense. Elle était touchée en plein cœur.

La boîte à livres qui se trouvait face à elle ne contenait un seul manuscrit, elle devinait de quoi il s'agissait.

Elle l'ouvrit et retrouva le roman qu'elle avait laissé presque une année auparavant dans celle d'Aix-en-Provence. La couverture était arrachée, elle le feuilleta et constata que c'était bien son original. Elle n'en croyait pas ses yeux. L'ampleur qu'avait prise son histoire était surréaliste.

Elle tourna rapidement les pages de son roman et découvrit à la fin trois critiques. Elle s'empressa de les lire :

« Je me félicite d'avoir fait le choix d'emprunter votre roman dans cette boîte à livres. Grâce à vous, j'ai agrémenté mon voyage en vélo. J'ai ri, j'ai pleuré mais surtout je n'ai pas décroché !

Merci pour ce merveilleux moment de lecture.

Petit bémol sur la fin qui aurait pu être plus joyeuse…

À bientôt, Emma »

« Même mon cancer n'a pas réussi à m'abattre et voilà que j'ai fait une attaque en découvrant ta fin !

C'est injuste et je te préviens, je suis à ta recherche !

Jusqu'à toi, voilà un bon titre, prépare-toi à me voir bientôt !

Bastien »

« Je vous ai trouvé injuste avec vous-même, vous méritez au bonheur. Emma et Bastien ont raison, la fin n'est pas celle qui vous ait destinée. Au plaisir de vous rencontrer.

Amina »

Alice fut estomaquée lorsqu'elle lut le prénom de la dernière critique. Était-ce la dame qu'elle venait de rencontrer quelques instants plus tôt ?

Elle serra son livre, émue. L'écrire était finalement une des choses des plus merveilleuses qu'elle put faire.

Elle se laissa bercer par le vent, faisant danser son roman par une mélodie lointaine de rires et de cris de joie. Son cœur battait à cent à l'heure.

Elle se sentit comme le jour où son livre avait rejoint d'autres ouvrages ayant l'espoir de trouver nouveau lecteur.

À ce moment, elle voulut remercier toutes les maisons d'édition d'avoir refusé son roman. Les trois critiques avaient plus de valeurs que celles de grands journalistes littéraires.

Une voix interrompit ses pensées. Elle provenait de derrière elle :

— Alors Alice, as-tu aimé ma fin ?

Elle reconnut immédiatement sa voix. Une douleur délicieuse s'installa brutalement sur son cœur. Elle se retourna délicatement avant de tomber nez à nez, à environ trois mètres de distance, de celui qu'elle avait quitté quelques années auparavant.

Tous les deux sourirent. Ils avaient vieilli mais le temps avait été généreux, la maturité les rendant tous les deux plus charmants.

Le regard qu'ils échangèrent était à l'image de tous ceux d'une autre époque. La foudre qu'il y avait entre eux était réciproque, intacte. Toutes ces années n'avaient rien effacé sur leurs sentiments.

Alice répondit par une autre question :

— Comment est-ce possible ?

Alban s'avança vers elle d'un pas lent pour faire monter le plaisir.

— Je pense que si l'on rassemblait nos éléments communs, on en arriverait à la conclusion. Cependant, je te propose juste d'accepter que ce qui nous arrive ne peut être lié qu'au destin.

Alice sourit.

— Tu savais que c'était moi que tu allais retrouver ?

— Je n'en avais aucun doute. C'était presque écrit noir sur blanc…

— On fait quoi maintenant ?

Alban s'avança vers Alice, déposa ses mains sur son visage et lui dit :

— Je te propose une fin digne de l'amour que l'on ressent l'un pour l'autre.

Puis il l'embrassa tendrement, longuement… Avant de se promettre de ne plus jamais la quitter.

Six mois plus tard

— C'est bon, l'orchestre est en place ? Le traiteur est bien arrivé ? La salle est prête ?

— Mais oui Mima, ne stresses pas nous avons pensé à tout ! lui dit Alice.

— Oh, soupira-t-elle en souriant. Je suis tellement stressée. Bon comment me trouves-tu ?

Rosa était vêtue d'un tailleur-pantalon couleur crème, très chic, qui mettait en valeur sa silhouette et rehaussait son teint.

— Tu es à tomber ! J'espère que Jean est en bonne santé sinon il va faire une attaque en te voyant !

— Oh arrête donc tes bêtises ma chérie !

— Mima, je suis fière de toi. Je suis tellement heureuse de tout ce qui t'arrive… Tu es resplendissante. Bon ce n'est pas le meilleur moment pour te l'offrir mais j'ai un petit cadeau pour toi.

Alice alla chercher dans son sac son roman avec un code ISBN, signe qu'il était enfin publié.

— Tiens, je te donne mon premier ouvrage commercialisé. Tu m'as toujours soutenue et tu n'as jamais baissé les bras pour moi. Je tenais à t'en remercier.

— Oh ma chérie. Tu ne peux pas savoir à quel point ça me touche. *Elle ouvrit le livre dédicacé, lut les quelques lignes et sourit longuement…* Tu vas me faire pleurer, c'est malin je viens de passer deux heures à me faire maquiller. *Toutes deux se mirent à rire.* Je vais le ranger précieusement.

Lorsqu’elle revint, elle lui dit :

— Moi aussi j’ai une surprise pour toi.

Rosa attira sa petite fille vers le salon où Alban, Camille et trois autres personnes l’attendaient.

Parmi les inconnus, elle en reconnut une et devina l’identité des deux autres.

Alban prit la parole :

— Alice, nous avons la joie de te présenter tes trois plus grands fans : Emma, Bastien et Amina.

Tous les trois l’accueillirent avec un sourire et une admiration.

La première jeune femme avait une allure de sportive, naturelle, pleine de générosité dans son regard.

Le jeune homme, lui, n’avait pas le reflet de ce qu’elle avait pu imaginer. Bastien avait troqué son crâne chauve pour accueillir une longue chevelure retombant derrière ses oreilles, elle sourit en déduisant qu’il l’avait combattue cette maladie.

Enfin, la dame un peu plus âgée était bien celle rencontrée quelques mois auparavant dans Central Park.

Alice ne savait plus quoi dire. Elle s’adressa à Alban en lui demandant comment il avait fait ?

— Disons que mon objectif principal après nos retrouvailles, c’était de retrouver toutes les personnes qui nous ont aidés à faire de cette histoire la plus belle de tous les temps. Rosa a insisté pour qu’elles soient présentes à son mariage.

Un silence long, plein d’émotions régnait dans la pièce…

Camille décida d’interrompre ce blanc un peu trop long pour elle :

— Bon allez c’est parti pour faire la fête ! Mima, on te marie et on danse toute la nuit ! On aura le temps de discuter tous ensemble après la cérémonie ! Nous aurons toutes et tous beaucoup de choses à nous dire.

Jean vint chercher sa future épouse, Camille suivit avec Amina, Bastien et Emma qui devinrent complices comme jamais se tenaient bras dessus dessous.

Alors qu'Alban accélérait le pas pour suivre la troupe, Alice le retint par la main.

— Merci pour tout.

— Et merci pour quoi au juste ?

— Merci de faire partie de ma vie. Je ne laisserai plus jamais l'occasion de t'échapper.

— Ça tombe bien, je n'en ai pas l'intention.

— Ta rencontre est la plus belle chose qui me soit arrivée dans la vie.

— Bon, je comptais attendre un peu mais je pense que le moment est opportun :

Il garda précieusement la main d'Alice dans la sienne avant de se mettre à genoux. Il sortit de sa poche un écrin pour le tendre vers elle.

Il ouvrit la petite boîte et la lui tendit :

— Veux-tu accepter de finir tes jours avec moi ?

Alice se mit à fondre en larmes, lié au surplus d'émotions qu'elle venait d'avoir :

— C'est une demande en mariage ?

— Non. À vrai dire, je garde ce moment pour un peu plus tard. J'aimerais continuer à t'aider pour l'écriture de tes futurs romans en te procurant des anecdotes originales.

Alice sourit.

— Oui, je veux finir ma vie avec toi. Plutôt deux fois qu'une.

Ils échangèrent un long baiser, laissant une fin identique au roman retravaillé d'Alice.

FIN

NomBre7 éditions

contact@nombre7.fr – 04 66 05 87 18

Imprimé en France – Mai 2023
Dépôt légal premier semestre 2023